豁耳朵小兔

〔加〕欧内斯特 · 西顿◎著　王　媛◎译

中国妇女出版社

图书在版编目（CIP）数据

豁耳朵小兔 / （加）欧内斯特·西顿
(Ernest Seton) 著 ; 王媛译. -- 北京 : 中国妇女出版
社, 2019.3
（全世界孩子都喜爱的动物故事）
ISBN 978-7-5127-1615-5

Ⅰ.①豁… Ⅱ.①欧…②王… Ⅲ.①儿童故事－作
品集－加拿大－现代 Ⅳ.①I711.85

中国版本图书馆CIP数据核字（2018）第134078号

豁耳朵小兔

作　　者：〔加〕欧内斯特·西顿　著　王媛　译
责任编辑：陈经慧
封面设计：尚世视觉
责任印制：王卫东
出版发行：中国妇女出版社
地　　址：北京市东城区史家胡同甲24号　　邮政编码：100010
电　　话：（010）65133160（发行部）　　65133161（邮购）
网　　址：www.womenbooks.cn
法律顾问：北京市道可特律师事务所
经　　销：各地新华书店
印　　刷：三河市祥达印刷包装有限公司
开　　本：150×215　1/16
印　　张：9.25
字　　数：100千字
版　　次：2019年3月第1版
印　　次：2019年3月第1次
书　　号：ISBN 978-7-5127-1615-5
定　　价：29.80元

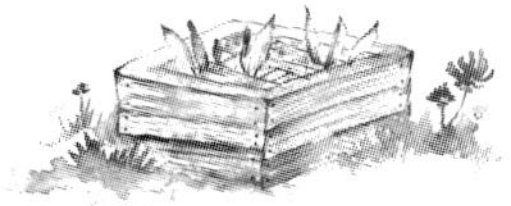

目录
CONTENTS

01 豁耳朵小兔

豁耳朵的来历 2
玫瑰荆棘丛秘诀 6
茉莉与小豁的地洞 9
逐渐长大的小豁 14
有魔力的流水 17
聪明的小豁 19
新敌人 22
女英雄茉莉 26

02 长耳大野兔小战马

总能化险为夷的小战马 34
善于变装的小战马 38
麻烦的追踪者 43

新的危机 47
天生的奔跑者 50
残酷的赛跑比赛 52
平局 55
十三颗星星 57
重获自由 59

03 蝙蝠阿特拉法

蝙蝠妈妈 66
不乖的小蝙蝠 70
阿特拉法 72
雄蝙蝠的飞行 75
好朋友 79
被关进箱子 82
重获自由 85
小雌蝙蝠 87
惊险的旅程 89

04 淘气的小浣熊

寻找新住所 94
小调皮 97
有趣的捕猎 100
可口的河贝 103
另一个浣熊家庭 106
小嘉被抓 109
新生活 111

小嘉逃跑 114
重归故里 118

05 小老鼠的奇迹

捕鼠能手 122
小老鼠创造的奇迹 125

06 沙漠小精灵

小精灵 130
男人的篮子 136
沙漠里的乐趣 139

01

豁耳朵小兔

扫描二维码
听导读

豁耳朵的来历

豁耳朵或者小豁，是一只棉尾兔的名字。之所以叫这个名字，是因为它有一只被撕破的耳朵，那可是它人生第一次冒险留下的纪念。

小豁和妈妈生活在奥利芬特的沼泽地，我就是在那里结识它们的。靠着各种渠道的打探，我积累了不少它们生活的片段，最终写成了这个故事。

不了解动物的人，可能认为我把它们都拟人化了，但是曾经和它们有过亲密接触，并对它们的生活方法和思考方式有所了解的人，断然不会这么认为。

根据我的了解，兔子没有真正的语言。但是，它们有自己的表达方式，即通过声音、信号、味道、触碰胡须、移动来表达意思。请记住，虽然在讲故事的过程中，我把兔子的语言翻译成了人类的文字，但我并没有生编硬造它们的谈话。

沼泽地上的草因为太长而弯了下来，把小豁和它妈妈的家给遮住了。妈妈给小豁盖上了一些草当被子，像往常一样叮嘱它，无论发生任何事都不要出来，也不要出声。虽然躺在被窝里，但小豁清醒得很，眼睛正盯着上方的那一片绿色世界。

一只蓝松鸦和一只红松鼠正吵得热火朝天，这两个臭名远扬的小偷正在互相指责对方偷东西。小豁的家不幸成了它们争斗的中心。一只黄莺抓住了离小豁鼻尖仅六英寸远的一只蓝蝴蝶。一只挥动触须的红黑瓢虫正在草叶上爬来爬去，爬进了小豁的窝，爬上了它的脸。即便如此，小豁也丝毫未动，连眼睛都没有眨一下。

英寸

长度单位。1英寸为2.54厘米。

过了一小会儿，小豁听到附近的灌木丛里传出了沙沙的声响。这个声音非常奇怪，一直在响，虽然一会儿在这边，一会儿在那边，可其中并没有脚步声。小豁刚出生三周，它一直待在沼泽地里，从来没听过类似的声音，这让它非常好奇。妈妈一再嘱咐它不要出来，但它觉得那是在危险情况下，现在这个沙沙的奇怪声音可不算。这会儿，那声音已近在眼前，向左又向右，似乎要离开了。小豁知道自己该怎么办，毕竟自己已经不是一个小宝宝了，得搞清楚那是什么。它缓缓地支撑起自己胖胖的身躯，把小圆脑袋伸出窝来，偷偷凝视外面的树林。它什么也没看见，于是向前走走，想要看个究竟，却发现自己正对上一

棉尾兔

兔科林兔属的啮齿动物，广泛分布于美洲。一般呈棕色或灰色。尾巴看起来像一个棉花球，故名。草食性动物，食物包括草、灌木叶等。与其他兔子一样，棉尾兔的耳朵可帮助身体散热。

蟒蛇

蟒科蟒属大型爬行动物。栖居于热带、亚热带低山丛林中。具有夜行性、杂食性。捕食时常常缓慢接近猎物，将其迅速咬住后利用身体缠绕致死，继而整个吞食。鼠类、鸟类、爬行类及两栖类等都是蟒蛇的捕食对象。

条大黑蟒蛇。

“妈妈！”那怪物向它冲过来，它吓得尖叫起来。它拼命逃跑，但蟒蛇一下子就咬到了它的耳朵，把它缠了起来，并满心欢喜地看着即将变成自己晚餐的小兔子。

“妈……妈……妈……妈……”大蟒蛇一点点地勒紧了自己的猎物，小豁的呼救声越来越弱。就在小豁快要撑不下去的时候，妈妈从小树林里冲了出来，宛如一支离弦之箭。小豁的妈妈茉莉一改往日的软弱，心中充满了因母爱而产生的勇气，一下扑到那条恐怖的蟒蛇身上，用两只爪子使劲地抓蟒蛇。蟒蛇疼得蠕动了几下，发出嗞嗞声。

“妈……妈。”小豁继续发出虚弱的叫声。妈妈不停地抓啊抓，直到蟒蛇松开小豁的耳朵。蟒蛇想咬住正在抓它的茉莉，可是每次都只能咬到茉莉的毛。茉莉使劲地攻击着蟒蛇，把它的身上抓出一条长长的、血淋淋的大口子。

对于蟒蛇来说，情况越来越糟糕。它打起精神，为了迎接兔妈妈的下一波攻势，它松开了小豁，小豁见状赶紧躲进小树林里。除了左耳朵被蟒蛇咬了个豁口外，虽说被吓个半死，小豁还算平安地脱了险。

这个时候，兔妈妈见已经达到了目的，无意纠缠再战，赶紧钻到小树林里。小豁跟在妈妈雪白的尾巴后面，一直跑到沼泽地的安全地带。

棉尾兔小豁生活记录

玫瑰荆棘丛秘诀

奥利芬特的沼泽地荆棘丛生、崎岖不平，生长着好多的次生灌木，并有一条小溪横贯其中。还有一些屹立不倒的古老丛林的残迹，以及三三两两的干枯树干横卧在林子里。沼泽边上生长着许多猫和马不喜欢的莎草，不过牛可不怕。在干枯的地带，长满了荆棘和小树。沼泽最外面是茂密的松树林，松树的松针散落在地上，散发出沁人心脾的清香。再往外便是一望无垠的田野，一只住在附近的狐狸，常常留下穿过田野的足迹。

兔妈妈茉莉和小豁是这个地方的主要居民，邻居相距甚远，而亲戚们都已逝去。这里就是它们的家，是它们赖以生存的地方，也是小豁接受训练从而走向成功的地方。

茉莉是个非常好的妈妈，它含辛茹苦地培养着小豁。小豁的第一课就是“不要出来，也不要出声”，那次被蟒蛇咬的经历让它深深地记住了这一课。小豁从此铭记在心，严格地遵从妈妈的叮嘱，这使得后面的训练非常顺利。

小豁的第二课就是“别动”。这是从第一课衍生出来的，小豁刚学会跑，妈妈就教了它这件事。“别动”就是一动不动、变成雕像的意思。当敌人在附近出现时，棉尾兔就会保持前面的姿势，丝毫不动，因为林子里的植物和它们的颜色相近，只要它们不奔跑，就不容易被发现。所以，一看见敌人就不动，就能躲开对方的视线，占得先机，选择逃跑或者攻击。在林子里生活的动物都知道“别动”的重要性，每一种野生动物和猎人都应该学会这个技巧。

虽然它们都能学会，但只有茉莉做得最好。妈妈教会了小豁这一招。每次当妈妈带着自己雪白的“坐垫”穿过丛林时，小豁就会紧紧追随。但只要茉莉一不动弹，小豁马上也停下，模仿的天性让它跟着做一样的动作。

小豁从妈妈那里学到的最好一课当属“玫瑰荆棘丛秘诀”。这是一个非常古老的秘诀，要想搞清楚它，就得先听听玫瑰花枝和野兽吵架的故事。

传说很久以前，玫瑰花枝上没有刺儿。但是松鼠和老鼠总喜欢在上面爬来爬去，牛总用角把它们顶来顶去，负鼠会拿长尾巴抽打它们，连小鹿都用尖尖的蹄子踩它们。

玫瑰

蔷薇科蔷薇属植物。枝干多刺，叶片呈椭圆形，有边刺。花朵有红色、白色、黄色等颜色，十分美丽。人们经常用玫瑰花表达爱意。

所以玫瑰花枝就用刺儿来保护自己，向所有攀爬的、长角的、用蹄的、长尾巴的敌人宣战。

只有棉尾兔不欺负它们，所以玫瑰和兔子结下了深厚的友谊。敌人一来，兔子就藏到玫瑰荆棘丛里，依靠它们无数的尖刺来保障自己的安全。

所以，小豁从妈妈那里学到的秘诀就是，玫瑰荆棘丛是它最好的朋友。

整整一个季节，小豁都在了解周围的地形和附近的玫瑰荆棘丛。它学得非常好，把两条通往沼泽地的路线烂熟于心，而且每条路线都离玫瑰荆棘丛不超过五步。

没过多久，棉尾兔的敌人在这个地区就发现了大量的新品种荆棘丛。它无比结实，任何动物都摧毁不了；它也无比锐利，能戳破最坚硬的皮。而且，它每年都在蔓延，给野生动物带来了不小的麻烦。不过兔妈妈茉莉可不怕它，因为它从小就在荆棘丛里长大的。狗、狐狸、牛和羊，就连人都会被荆棘丛扎伤，只有茉莉能在它的庇护下安心生活。它蔓延得越快，棉尾兔在野外就越安全。这种新品种的荆棘丛名字叫作铁丝网。

茉莉与小豁的地洞

茉莉只有小豁一个孩子，所以它把毕生所学倾囊相授。小豁聪明机灵，身体强壮，反应也非常快，所以学习起来十分轻松。

整整一个季度，茉莉都在督促小豁学习各种本领，哪些东西能吃，哪些东西能喝，哪些东西不能碰，以及如何追踪脚印等。它把自己的本事一点点地传授给小豁，非常耐心地告诉小豁自己积累的经验，希望小豁能掌握它们赖以生存的本领。

小豁会紧挨着妈妈，坐在苜蓿地或者灌木丛里，学妈妈的动作，抖动鼻子来保持着灵敏的嗅觉，它还把食物从妈妈的嘴里咬出来，或者舔舔妈妈的嘴唇，以此来确定它们吃的是同样的东西。通过模仿妈妈的动作，小豁学会了用爪子梳理自己的耳朵和皮毛。它还会从自己身上剔除杂物，知道只能喝叶子上挂的露珠，因为地面上的水珠太脏。就这样，小豁开始学习丛林生存技巧。

小豁慢慢长大，可以独自外出了，这个时候，妈妈教给它兔子的“信号代码”。兔子是靠后爪敲击地面来传递消息的。这种敲击声音可以传到很远的地方，如果在离地两米的地方敲击，声音只能传出二十码远，如果是贴着地面进行，则可以传

码

长度单位。1码约为0.91米。

出一百码远。而且，兔子的听觉发达，同样的敲击声，它们在六十米内还能听到，这相当于沼泽的这一头到另外一头的距离。在地上使劲地敲一下表示“小心”或者“别动”，轻轻地敲一下表示“过来”，迅速地敲一下表示“危险”，而连续敲击几下则代表着“赶快逃命”。

在一个晴天，蓝松鸦正在叽叽喳喳地吵个不停，通常这种情况表示附近没有什么敌人，小豁就开始了新的学习。茉莉扯着小豁的耳朵，把它放平，让小豁蹲下，然后跑到很远的灌木丛里，发出敲击的信号声，让小豁“过去”。小豁过去了，但是没有找到妈妈。它也敲击发出信号，可没有收到回应。它小心翼翼地搜索周围，终于闻到了妈妈脚丫子的味道。人类可闻不出这种味道，动物却非常灵敏，正是这种特性让小豁顺利地找到了妈妈的藏身之地。于是，小豁开始了对追踪技巧的学习。从这以后，小豁在捉迷藏的游戏中，学会了应付艰难生活的新本领。

在一季度的学习后，小豁掌握了兔子生存的基本技巧，并且表现优秀。它能够熟练使用玫瑰荆棘丛、木头桩，娴熟地掌握了躲避、蹲坐、曲折前进、停下不动和后撤。只要掌握了这些基本技巧，就能保一时之安全。不过，小豁还没练过铁丝网，虽然它知道该怎么来玩儿。它专门研究过沙子，发现沙子可以遮住一切味道，它还擅长换位、防御、反转和钻洞，前三项可以见机行事，最后一项需要多一些时间来安排。虽然掌握了这么多的本领，但小豁从没忘记趴下才是最基础的招式，而玫瑰荆棘丛秘诀则是最安全的招式。

茉莉还向小豁传授了如何识别敌人，以及如何同敌人周旋。无论是老鹰、猫头鹰、狐狸、猎犬、野狗、貂、黄鼠狼、猫、臭鼬和浣熊，还是人类，不同的敌人都有不同的追捕方法，茉莉把这些方法一一传授给小豁。

要判断敌人是否靠近，除了必须依靠自己和妈妈，还可以依据蓝松鸦的反应。妈妈告诉小豁：“无论何时都别轻视蓝松鸦的警告，虽然它们喜欢挑拨离间、搬弄是非，但什么都逃不过它们的眼睛。它们就算想对我们使坏，我们也有玫瑰荆棘丛的保护，它们什么也干不成。它们的敌人就是我们的敌人，一定要留心它们的警告。要是听到啄木鸟的警告，你也可以相信，啄木鸟是诚实的家伙。但一跟蓝松鸦比，它就显得傻里傻气。虽然蓝松鸦常常撒谎骗人，但是一说到坏消息，还是要相信它。”

铁丝网秘诀是最考验胆量和脑力的一项防身技巧。小豁花了很长时间学习这个技巧，学会后便喜欢上了这一招。

“要是你学会了这招，就会发现非常好用，”茉莉说，“首先，你直着跑，让狗在后面追，让它好像快要追上你，实际又追不上你。然后，在距离前面只有一跳远的时候，猛地拐弯冲到齐胸的铁丝网下。我以前看过很多狗和狐狸被铁丝网弄瘸了，还有一只猎犬当场死亡。不过，也有不少兔子因此而丧命。”

小豁在很小的时候就学会了钻洞，这是很多兔子一辈子都学不到的。钻洞看上去简单，实际上却不好用。对一只聪明的兔子来说，这招还安全些，但对一只傻兔子来说，这招就可能致命。初生牛犊不怕虎的小兔子喜欢用这招，但是对上了年纪的兔子来说，这招是最后的选择。如果敌人是人类、狗、狐狸或鸟，用这招还有机会逃命；可如果敌人是雪貂、貂、臭鼬或黄鼠狼，这招足以致命。

这片沼泽地里有几处地洞。有一处在阳光地带，就是在沼泽南边的一个干燥而阴凉的山丘上。这里朝阳，天气好的时候，棉尾兔们会来这里晒太阳。山坡上布满了散发着芳香的松针和小鹿蹄草丛，兔子们摆出像猫一样古怪的姿势，时不时就翻过身来，好像要把身体两面“烤熟”。兔子们眨着眼，喘着气，扭动身体，好像很不舒服一样，但实际上这是它们最喜欢的活动了。

在这个山坡的上方，有一个巨大的松树桩子，丑陋的树根扭在一起，挺立在黄色的沙土上。以前，有一只郁闷的土拨鼠在那个树根底下挖了一个洞。几星期之后，这只土拨鼠越来越抑郁，脾气也越来越暴躁。有一天，奥利芬特的狗追赶它，它没有进洞，反而在洞外跟狗较量起来，从此没能再回来。于是茉莉就占领了这个洞。

再后来，这个洞又被一只狂妄的臭鼬抢走了。这家伙若不是逞强，它或许会活得更久——它竟幻想拿枪的人遇到它会害怕。结果，如某个希伯来国王一样，政权只维持了七天就结束了。

还有一处地洞在沼泽地里。这个洞又小又潮，只能作为最后的避难所。这也是一只土拨鼠挖的洞，它是一个善良而友爱的邻居，可惜就是太急躁，结果它的皮毛被奥利芬特制成了鞭子，用来监督他家的马干活儿。

那个用鞭子的老头儿说：“自作孽不可活，这皮毛是那家伙偷吃我的粮食养出来的，那些粮食怎么着都得造福于自家吧！”

如今，小豁母子俩成了这些地洞的主人，为了不让这些避难所暴露，平时它们不轻易靠近。

沼泽地里还有一棵空心山核桃树，虽然快倒了，但枝叶仍葱葱郁郁。以前这个洞被老浣熊洛特占领过。洛特总是发出类似青蛙的怪异叫声，它通常像和尚一样，不沾肉，可偶尔也会贪心地想吃点儿荤的。于是，在一个黑夜，当它去偷鸡时，壮烈地“牺牲”了。茉莉也不伤心难过，反而爽快地接收了它的老窝。

逐渐长大的小豁

八月的清晨，阳光照耀着沼泽地，万物笼罩在一片温暖的光芒中。一只小麻雀在池塘里的灯芯草上飞来飞去。池塘的水面上倒映着蔚蓝色的天空，和黄色的浮萍组成一幅美丽的画，小麻雀的身影就点缀在画里。池塘边长满了茂密的臭菘，在棕色的沼泽地里投射出密密麻麻的影子。

沼泽地里的麻雀不关心这样的美景，它们只在意我们看不到的东西。在臭菘那宽大的树叶下面有好多棕色的小包，小包中间有两个毛茸茸的东西，身体一动不动，但是鼻子却不停地抽动。

这两个毛茸茸的东西，正是小豁和茉莉。它们正在臭菘底下舒展身体。它们并不喜欢臭菘散发出来的味道，只是它们身上的虱子会因为无法忍受这种味道而乖乖地离开它们。

兔子没有固定的上课时间，它们时时刻刻都在学习，学习内容全凭眼前的困境，有些困境是突然降临的。小豁和茉莉来这里，本来是想放松一下，没想到很快就听到蓝松鸦的警告，茉莉竖起了耳朵，抬高鼻子，尾巴死死地贴在背上。奥利芬特家黑白相间的大狗来到了沼泽地里，笔直地走向它们。

“快，赶紧趴下，”茉莉说，“别动，我去把那个家伙引开。”说完，就离开了臭菘丛，向着大狗飞奔过去。

“汪汪！”大狗看到茉莉，就追了出去。茉莉跑得飞快，把大狗引到铁丝网那边，大狗被带刺的荆棘丛扎得血肉模糊，哀号着回家了。怕大狗再回来，茉莉绕了一下，确认它没有回来才回到小豁身边。这个时候，小豁正伸着脖子，挺直地站着，聚精会神地盯着这场比赛。

茉莉被小豁这种不听话的行为激怒了，抬起后腿，把小豁踢到了沼泽地里。

有一天，它们正在附近的苜蓿地里吃东西的时候，一只红尾鵟从空中猛扑过来。茉莉马上抬起后腿，蹬了红尾鵟一下，然后一头扎进老路上的玫瑰荆棘丛里，红尾鵟肯定没法追过来。那条老路是从小溪边的灌木丛通向烟囱状的灌木丛，布满了各种各样的爬山虎。茉莉一边观察红尾鵟的动向，一边拔掉爬山虎。小豁在旁边观察着，也模仿茉莉的动作。“这样就对了，”茉莉说，“你老来这里，所以得保持这条路的通畅。不必太宽阔，但一定得通畅，像爬山虎这样的东西最好拔掉，总有一天，你会发现你拔掉的是陷阱。”“什么？”小豁不解地问道，边说边用自己的左爪挠挠右耳朵。

“这些爬山虎比世界上所有的老鹰都可恶，”茉莉瞥了一眼飞远的红尾鵟说，“它就藏在你经过的路上，等你一过来就会绊住你。”

“我才不信它能绊到我呢！”小豁不服气地说

红尾鵟

鹰科鵟属的猛禽。北美大陆最为常见的一种鵟属鸟，因尾部的颜色而得名。适应能力较强，分布于沙漠、草原、针叶林、落叶林、热带雨林等。食物主要包括鸟类和爬行类等。

道，然后在一棵滑溜溜的小树上，蹭了蹭自己的下巴和胡子。小豁并没有意识到这样做有什么特别，但它的妈妈看到了，知道这是小家伙长大的标志，就好像小男孩变声一样，小豁马上会长成一只成年棉尾兔了。

有魔力的流水

流动的水里有种魔力。这种魔力，所有的人都知道。修铁路的人能无所畏惧地把枕木铺设在沼泽、湖泊或者大海上，但在一小股流水面前，会表现得无比崇敬，认真地研究水的走向，尊重它的所有动态。在有毒的盐碱地里旅行的人，就算看到满是芦苇的池塘，也不敢过去喝水。可是一见到淙淙的溪流，就会跑过去尽情地饮水。

流动的水里有种魔力。这种魔力，让所有邪恶的符咒都失效。森林里的动物被敌人锲而不舍地追击，走到山穷水尽时，保护天使引领它找到缓缓流动的小溪，动物就在流动的水里恢复了力量，重新回到森林里。

流动的水里有种魔力。猎犬来到这附近，四处搜寻，总是没有任何收获。野生动物们的气息消失在欢乐的流水中，可以避开追踪继续逍遥。

这也是小豁从妈妈那里学来的最重要的秘密："除了玫瑰荆棘丛，水也是好朋友。"

八月的某个晚上，异常闷热，茉莉带着小豁穿越树林。它尾巴上那团白白的棉花垫子忽闪忽闪的，仿佛一盏明灯指引着小豁。不过，茉莉一停下来，那盏灯就灭了。一路上，小豁和茉莉一会儿走，一会儿停，没用多久就到了池塘边。一只雨蛙在它们头顶上唱个不停："睡吧，睡吧。"在远处，一只牛蛙趴在沉木上，鼓起肚皮呱呱地叫。

茉莉用兔语对小豁说："跟我来。"然后一下跳进了池塘里，向那根沉木游去。小豁有些害怕，但也跟着跳进了池塘里，使劲儿摇动小鼻子，急促地呼吸，努力地模仿着妈妈的动作。小豁发现在陆地上的动作，也可以在水里使用。慢慢地，它发现自己会游泳了。它一直向前游，终于来到了沉木的旁边。妈妈已经爬上了沉木露出水面的一端，把它也拉了上去。它们周围都是灯芯草，还有流水声。以后，每当那只从斯普林田野过来的狐狸来沼泽地觅食，小豁就会留心聆听牛蛙的叫声，以便确认池塘的位置，这样当危险来临时就可以及时躲避到池塘里。后来，牛蛙的歌声听起来就像："来啦，来啦，危险来啦！"

这是小豁从妈妈那里学到的最新一课，这相当于研究生的课程了，很多小兔子毕生都没有学过。

聪明的小豁

扫描二维码
听导读

大部分野生动物都不会自然死去，总是以悲剧告终。能苟且偷生几年，就多活几年。小豁的生平经历却说明，一只兔子要是能安然度过自己的少年时期，就很有可能熬过盛年，只有在生命的最后三分之一时才有可能遭遇意外而亡，这个走下坡路的三分之一阶段我们称为老年。

棉尾兔的周围都是敌人。它们每天的活动就是躲避敌人。不论是猎犬、狐狸、黄鼠狼、浣熊、鼬鼠、貂、蛇、老鹰、猫头鹰，还是人类、昆虫，都想杀死它们。在它们的一生中，要经历千百次的磨炼，每天至少会有一次，不得不为了保住性命而飞奔，用自己的双腿和智慧来保护自己。

那只斯普林田野里的狐狸，不止一次地把小豁和茉莉逼到了铁丝网下面。但是只要进到铁丝网底下，它们就能松一口气。狐狸费尽力气，却怎么也够不到它们。

有一次，被猎犬追赶的小豁，把猎犬引到了黄鼠狼的洞前，结果这两个家伙就斗得你死我活，而小豁则趁机逃走了。

还有一次，一个带着猎犬和雪貂的猎人捉住了小豁。但第二天，小豁幸运地逃脱了，从此以后小豁就对地洞的安全性产生了疑虑。有好多次，小豁被猫追得跳进水里，而被老鹰和猫头鹰追赶更是家常便饭。不过小豁有自己的办法，来应付每一次的追捕。茉莉早就把最基本的方法交给它了，它慢慢长大后，也改进了这些方法，还创造了好多新的招数。随着它长大成熟，小豁越来越不依赖自己的腿了，而是更多地依靠自己的智慧来躲避危险。

附近有一条小猎犬，名字叫朗日。主人为了训练它，常把它放在棉尾兔的必经之路上。每次小豁都成为它的追赶目标。对小豁来说，奔跑也是一种锻炼，这种危险能激发小豁的兴趣。它会说：“啊，妈妈！那只狗又来了，今天我还得跑！”

妈妈会回答：“小豁，我的儿子，你胆子也太大了！我怕你有一天在阴沟里翻船。”

“可是，妈妈，逗那只狗很有意思啊，而且还能锻炼身体。要是我跑累了，就跺一下脚，你过来替我，等我休息好了再继续跑。”

小豁继续跑，朗日继续追，一路循着小豁的气味追踪下去，直到气味消失。有时，小豁也会跺一下脚给妈妈发个信号，让妈妈来对付这条狗，或者想出一招来甩掉朗日。由此可以看出，小豁已经把森林生存这门课学到了极致。

小豁知道越贴近地面的气味传播得就越远，而且身体越热气味就越大。如果远离地面，并且安静地待上半小时，等气味消散，就基本安全了。所以，当它厌倦奔跑时，就会跑到小溪边的铁丝网里，曲折前进，留下复杂多变的气味来迷惑朗日。比如，它跳过森林里一根高高的原木E，跑到D点，稍作休息，沿着原来的足迹来到

F点，突然闪到边上，直奔G点。然后又沿着自己的足迹到了J点，它静待朗日经过这条路上的I点。此时，它回到H点，使劲儿一跃爬上了原木E，一直跑到最高点猛地坐了下来。

这个时候，朗日刚从迷宫里走出来，等它走到D时，小豁的气味已经很微弱了。它在周围使劲儿地嗅着，过了一会儿，它向G的方向跑过去，刚走到G，气味又消失了，它只好继续搜寻线索，范围越来越大，最后正好从小豁所在的那根高原木底下走过。不过，天寒地冻，小豁的气味微乎其微。小豁一动也不动，眼睛也不眨一下，朗日从下面过去也没有发觉。

又过了一会儿，朗日转了回来，路过木头的那一端，停下来闻了闻。“这绝对是兔子的味道。”虽然味道非常微弱，朗日还是爬上了木头。

朗日爬到了木头上，小豁遭遇到严重的危机，它保持镇静，因为此时的风向对它是有利的。它决定，只要朗日走过木头的一半它就逃走。可是朗日竟然没有过来，一只杂种狗都能看到另一端蹲着的小豁，朗日就是看不到，而且微弱的味道也很快就消散了，于是它就跳下了木头。小豁的危机解除了！

新敌人

除了茱莉外，小豁没见过其他兔子。实际上，它也没有想象过这个世界上还有同类。现在，它和茱莉的距离越来越远，但它从来没觉得孤单，可能是因为兔子都喜欢独行。腊月的某一天，小豁正在开辟从红山茱萸丛通往小溪灌木丛的一条新路，它看到阳光地带有一只兔子。新来的兔子兴高采烈地四处张望，很快就沿着小豁常走的那条路来到了沼泽地里。小豁心里涌出一股陌生的感觉，嫉妒与愤怒交织在一起，并在它身体里沸腾。

新来的兔子停在一棵树下面，小豁曾经踮起脚尖用脸蹭这棵树，它以为自己这样做是出于喜爱，但其实所有的公兔子都如此：一来让树沾染上自己的气息，别的兔子就会知道这里已经被占领了，不欢迎陌生人的拜访；二来新来的兔子可以通过这种气息来判断是否与主人相熟，并通过摩擦的位置来确定主人的高度。

现在的情况让小豁十分地厌恶，因为新来的兔子比它高上一头，而且身体健硕，四肢发达。这是一种陌生的经历，它的内心充斥着异样的感觉。不由得燃起怒火，它想杀了这只兔子。它火大地跳到前面平滑的地面上，慢慢地跺着脚，发出砰——砰——砰的声音，意思是“滚出沼泽地，要不然有你好看的”。

之后，战争就开始了。

两只兔子从侧面一路小跑，越来越近，都想占据有利地势。新来的兔子也是只公兔子，身体魁梧，肌肉又发达。不过根据小豁的观察，它的技巧不太好，全依赖自己的身体优势。它冲向小豁，小豁无所畏惧地迎上前去。在双方的身体快要碰到的时候，它们同时用后腿踢对方，只听一阵咚咚的声音，小豁被压倒在地。新来的兔子压在小豁身上，用牙使劲儿地咬，咬掉小豁好几撮兔毛。幸好小豁腿脚灵活，逃到了一边。新来者又扑上来，小豁再一次被压倒，又被咬掉一些毛。小豁根本打不过它，只能赶紧考虑如何保命了。

小豁伤得不轻，赶紧逃跑，新来的兔子在后面死死地追逐，一心要把小豁赶出沼泽地。不过，小豁的腿脚相当厉害，对躲避也十分在行。新来者身体笨重，跑了没多远就放弃了。这对小豁来说，可是好事一桩，它带伤逃跑，也已疲惫不堪了。从那天开始，小豁一直战战兢兢。从小它学习如何对付猫头鹰、猎犬、黄鼠狼和人类，完全不知道该如何对付同类。它只能趴低点儿，一被发现就赶紧逃跑。

可怜的茉莉吓坏了，它不但帮不上小豁，还得自己费心找个藏身处。不过，很快被那只新来的兔子发现了。茉莉拼命地逃跑，可是它的身手不像小豁那样敏捷。那只新来的兔子并不想弄死它，只是想跟它交媾。茉莉非常讨厌那只兔子，试图逃走，可被缠住了。一天天过去，新来的兔子就腻在茉莉身边，形影不离，常常被茉莉弄得一肚子火。它会用力地扑倒茉莉，咬几下，发泄一下心中的怒火。但是，它仍然想杀死小豁，小豁逃跑的希望也很渺茫。小豁没有第二个沼泽地可以去，每每一打盹儿，就得准备随时逃命。新来的兔子每天十几次地偷袭小豁，偷偷跑到小豁睡觉的地方，但每次都被小豁逃脱了。小豁的命还在，但是日子过得很凄惨。每天无奈地看着妈妈被撕咬，自己生长的地方被占领，还有自己费劲儿开拓的小路被霸占，自己又无可奈何，真让人生气！一切都被这只可恶的兔子抢走了，小豁十分痛恨这个不速之客，远超过狐狸和雪貂。

时时刻刻的奔跑、警戒和仅能果腹的食物，让小豁筋疲力尽，茉莉也在长期的折磨下，身体和精神几近崩溃。新来者竟然不惜违反兔子界的规矩，一心要弄死小豁。这个规矩即无论双方争斗得多厉害，一旦有共同的敌人，需要齐心合力对抗外敌。但是，有一天，一只苍鹰从沼泽地上空扑向它们，新来者藏好了自己，使劲儿把小豁往空地上赶。

有一两次，小豁差点儿被苍鹰捉住，幸好玫瑰荆棘丛救了它，让它逃了出去。小豁的命虽然保住了，但是形势并没有好转，它下定决心第二天晚上离开，假如可能的话，带上妈妈一起走，去寻找一个崭新的家。突然，小豁听到猎犬在沼泽地外围嗅来嗅去的声音，顿时心生一计，想冒险试一试。它故意出现在猎犬的视线里，让猎犬疯狂地追自己。它和妈妈在沼泽地里跑了三圈，直到它确定妈妈已经藏好，而新来者还在自己的老窝里休息。于是它冲着老窝跑过去，从新来者的头顶上跳过去，并用后腿狠狠地踢了对方一脚。

“你这个白痴，我非弄死你不可！”新来者气得跳了起来，发现自己身处小豁和猎犬之间，不得不参与到这场危险的追逐中。

猎犬闻着小豁的气息，一路狂吠地奔过来，新来者虽然在兔子里算个儿大的，但不懂得逃生的技巧，只知道一些基本的躲避常识，比如回头、绕圈和钻洞，没有丝毫的优势来对抗猎犬。而且猎犬离得太近，新来者没办法回头和绕圈，也不知道其他洞在哪里，无法钻洞。

这场追逐非常激烈，对所有兔子一视同仁的荆棘丛，虽然帮了不少忙，但仍然于事无补。猎犬的攻势既快又稳。两只兔子藏在荆棘丛的不同位置，都能听到猎犬踩踏荆棘丛的声音，还有它的耳朵被剐蹭后发出的痛苦叫声。突然，猎犬停了下来，紧接着一阵混乱的叫声，最后是恐怖的尖叫声。

小豁明白这意味着什么，胆战心惊过后，很快就抛诸脑后。苦难已经结束了，它再一次成为这片沼泽地的主人。

女英雄茉莉

老奥利芬特把沼泽地东边和南边的灌木丛烧个精光，而且把铁丝网也清理干净了，当然他有权利这么做，不过对小豁和茉莉来说，可就不妙了。灌木丛里有它们的住所和哨所，而铁丝网是它们最重要的庇护场所。

它们在这片沼泽地生活了好多年，已经把这里视为自己的领地。无论是沼泽地的每一寸土地，还是奥利芬特的院子，都是属于它们的。若是其他兔子出没于附近的谷仓，它们也会满腹怒气。

它们要长久地占领这片沼泽地，就如大多数民族坚守在自己的土地上一样。

到了一月，雪化了，奥利芬特砍掉了池塘边的树林，棉尾兔的活动范围日益缩小。不过它们还不肯搬走，因为这里是它们的家，它们不愿意背井离乡。它们继续过着每天东躲西藏的日子，还好它们腿脚灵便，脑子清楚，每次都能转危为安。最近有一只水貂从下游跑到了上游，在棉尾兔的指引下，跑到了奥利芬特的鸡圈。在没有确认水貂被捉住之前，棉尾兔暂时不去地洞，现在的地洞相当危险，而且是死胡同。它们现在只能依靠越来越小的荆棘丛和灌木丛了。

第一场雪下过后，天气一直温暖明媚。茉莉的关节病犯了，正在灌木丛里找滋补身体的浆果。小豁则坐在池塘的东边，享受着冬日的阳光。奥利芬特家的烟囱里升起了袅袅炊烟，跨过树丛，弥漫在空气中，在蓝天的映衬下，呈现出灰蒙蒙的雾气。阳光把烟囱墙照成了金色，从荆棘丛的一边望去，好像分成了两半。而荆棘丛紫色的影子，在阳光的照耀下，仿佛镀上了一层金色的光芒。房屋外面的谷仓，也被镀上了一层金色，宛如诺亚方舟般矗立着。

谷仓里传来的声响以及很香的味道告诉小豁，家畜们正在吃卷心菜。小豁一想到这个画面，就忍不住流口水。它眨了眨眼，使劲儿闻着这香味，多么让人心动。昨晚它只吃了一点儿苜蓿，而且它已经去过谷仓周围了，一只聪明的兔子决不能连着两天去同一个地方。

所以，小豁做了正确的决定，跑到闻不到香味的地方，吃点儿从草垛上吹下来的干草。晚上打算睡觉时，茉莉过来了，带了些浆果，它们又到阳光地带吃了一些甜点。

这个时候，太阳已经西下，带走了所有的金色光芒。东边，黑色的大幕慢慢拉过来，挡住了所有的光亮，这个世界一片黑暗。然后，另一个淘气包——风，趁着太阳下山，赶紧出来玩一会儿。温度越来越低，好像比下雪时还冷。

“真冷啊！要是咱们的灌木丛旁边有烟囱该多好啊！”小豁感叹道。

“可以在松树根的大洞里睡一觉，”茉莉接着说，“不过咱们还没有在谷仓那边看到水貂皮，还是小心为妙。”

那棵空心山核桃树已经不在了。那根树干正躺在伐木场里，成了棉尾兔们的避难所。棉尾兔们跑到池塘的南边，爬进一片灌木丛里，相互依偎着。它们脸迎着风，鼻子冲不同的方向，如此一来，遇到危险就可以分头逃跑。时间慢慢逝去，风越来越狂，温度越来越低，将近凌晨时，飘起了大雪。冰冷的雪花打在枯枝上，发出清脆的声音；风从灌木丛里呼啸而过，发出嗞嗞的声音。这不是一个狩猎的好时机，但是那只斯普林田野的狐狸还是跑了出来。它本来想在沼泽地里躲一下，但经过灌木丛时，闻到了睡着的棉尾兔母子的味道。它迟疑了一下，然后悄悄地靠近灌木丛。它的鼻子告诉它，棉尾兔就躺在底下睡觉。这个时候，狂风暴雪无形中给狐狸打了掩护，它已经非常接近棉尾兔了。直到茉莉听见它踩到枯叶的声音，赶紧碰碰小豁的胡须，母子俩立刻清醒过来。狐狸扑过来了，幸好它们睡觉时也保持着随时跳起来的动作，茉莉一下子跳了出去，冲进暴风雪里。狐狸没扑着，马上就追过去。小豁赶紧向另一个方向逃窜。

茉莉只有一个选择，迎着风向跑。在没有上冻的大路上，它把狐狸甩出很远。马上到池塘边了，已经没有后路了，只能前进。

哗啦！哗啦！它穿过茂盛的水草，跳进了水里。

狐狸也紧跟其后，扎进了水里。在这样的夜里，对于狐狸来说，下水实在不明智，于是它转回去上了岸。而茉莉只能向前游，它拼命地穿过芦苇丛，游到对岸去。可是风太大，水也太凉了，再加上水里到处都是雪，无数的冰碴儿和淤泥阻挡着它的前进。漆黑的对岸仿佛触不可及，没准儿狐狸在那里等着它。

然而，它放平耳朵，减少阻力，拼命地在暴风雪中向前游。经过很长时间的努力，马上就要到芦苇丛了，一块巨大的浮雪漂了过来，挡住它的去路。与此同时，岸上也传来窸窸窣窣的声音，就好像狐狸的声音，它吓得浑身无力。等它摆脱这块浮雪后，发现自己离岸边又远了许多。

茉莉再一次拼命地游啊游，动作相当缓慢，而且越来越慢。当它终于游到芦苇丛里时，四肢发麻，身体发软，一点儿力气都没了。它那颗勇敢的心也不在乎狐狸是否在岸上等着了。它穿过芦苇丛，速度越来越慢，它的身体已经不能够支撑它上岸了，周围结起了冰碴儿，将它一点点地困住。又过了一会儿，它冰冷无力的四肢完全动不了了，棉尾兔妈妈那毛茸茸的鼻尖不再晃动，温柔的棕色眸子也悄悄闭上了。

岸上根本没有狐狸在等着它。小豁已经摆脱了敌人的第一轮追击，刚冷静下来，赶紧回来找妈妈，帮它逃跑。它看见狐狸正在池塘岸边搜寻茉莉，就把它引到一边，让它的头被“铁丝网”划了一个大口子，最后狐狸只好离开了。之后，小豁回到了岸边，四处寻找妈妈的痕迹，使劲儿跺脚，但都没用，怎么也没有妈妈的消息。小豁再也没见到妈妈，也不知道它去哪儿了，因为茉莉已经沉睡在池塘里了，被冰雪拥抱着。

可怜的棉尾兔茉莉！它算得上真正的女英雄。然而，它一直在自己的小小世界里努力地生存着，临死前都不知道什么是英雄，就像其他普普通通的兔子一样。在这场以生命为代价的对阵中，它赢了。它的美好品质，不会随生命的消亡而消失。小豁的身体就是它的身体，小豁的思想就是它的思想。它永远活在小豁的身体里，通过它，把整个家族顽强的意志延续下去。

小豁仍然生活在沼泽地里。那年冬天，奥利芬特去世了，他那些懒散的儿子不再清理沼泽地，也没有再修补铁丝网。只用了一年的工夫，那里就变成了一个更为广阔的天地，新生的树和荆棘丛成了棉尾兔们避难的最佳场所，猎犬和狐狸都不敢过来逞强。直到今天，小豁仍住在那里。现在的小豁已经变成了健硕的大兔子，无所畏惧。它有了一位漂亮的太太，谁都不知道它太太从何处来。它们组建了一个大家庭。毫无疑问，它和它的孩子们会在那里繁衍生息。如果在某个晚上，你碰巧懂得兔子的沟通语言，并选好地方和时间，你一定能遇上这些棉尾兔。

故事延伸

读完小豁的故事，你觉得在它和太太养育自己的孩子时会发生哪些有趣的故事呢？把这些故事写在下面吧！

02

长耳大野兔小战马

扫描二维码
听导读

总能化险为夷的小战马

小战马是一只长耳大野兔的绰号，它和镇上所有的狗打过交道。一只棕色的大狗追过它很多次，它总是钻进木栅栏的一个洞里，才能躲过去。一只好动的小狗也爱追它，个头不太大，也能钻进那个洞里，小战马只能跳过壕沟，凭借陡峭的两岸和湍急的水流才能摆脱它。这个方法是小战马的撒手锏，那个地方也被男孩子们叫作野兔一跃。还有一只灰狗跳跃力惊人，洞钻不进去，索性从栅栏上面跳过。它一次又一次地考验着小战马的勇气和耐力，幸好躲避及时，小战马才能屡次化险为夷，直到它跑到奥塞奇家的栅栏处，灰狗才放弃追逐它。除此之外，镇上的其他狗也每每找它麻烦，还好小战马总能在野外空旷的地方甩掉它们。

在乡下，每家每户都养了狗，只有一只能让小战马胆战心惊，那是一只凶狠的长腿黑狗——身手敏捷，脾气固执，好几次都把小战马逼入了绝境。

镇上也有好多猫，但都小打小闹，威胁不到小战马。一天晚上，一只所向披靡、有点儿激动的大公猫，来到它吃草的地方，慢慢向它爬过去。小战马一看见这个眼睛发亮的黑家伙，就坐了起来，后腿伸长，把耳朵竖起来，比平时高了六英寸。然后它大声吼叫，向前跳了五英尺，落到了黑猫的头上，用尖利的爪子使劲儿地挠着它，这下可把这只黑猫吓坏了，马上就跑走了。

这一招小战马用过好几次，屡试不爽。只有两次没有成功：一次是对付身边有小猫咪的猫妈妈，还有一次是阴差阳错地落到了一只臭鼬上。

不过，最大的敌人还是一只灰狗，那次遇到它，小战马差点儿丢了性命。幸运的是，最后以喜剧收场。小战马喜欢在夜里吃东西，夜里敌人少，而且更容易躲藏。有一个冬天的夜里，它在苜蓿丛里待了很久，然后穿过空旷的雪地，向它喜欢的老窝走去，正好碰到在镇外闲逛的灰狗。那时，天马上就要亮了，它无处可藏，只能在雪地上猛跑，松软的雪对灰狗来说没有什么影响，可是对兔子来说阻力就大了。

它们一前一后地奔跑，就像两个出色的跑步选手。它们穿过雪地，敏捷的爪子一着地就发出扑哧扑哧的声音，它们一会儿左右转弯，一会儿掉头转向，展开了一场激烈的追逐战。

这样的追逐对灰狗极为有利，因为它肚子里没有东西，而且雪地松软；反观野兔，它刚吃了一堆苜蓿，又是在雪地上跑。然而，野兔跑得也不慢，

长耳大野兔

兔科兔属的啮齿动物。相对于家兔，野兔更瘦，且有更长的耳朵和更强健的四肢。生性机敏，听觉和视觉很灵敏，繁殖能力很强。其天敌有狼、狐狸、鹰等。

英尺

长度单位。1英尺为30.48厘米。

转眼间雪地上就扬起了许多的雪花。它们还在奔跑着，小野兔好几次想往栅栏那边跑，都被灰狗挡了回去。

它的两只长耳朵已经不像刚开始时那么坚挺了，这表示它快没有力气了。正在这个时候，它突然又竖起了耳朵，拼命向东边空旷的草原跑去。灰狗紧紧地追着，在它们相距不到五十码的地方，小战马倏地一闪，避开了灰狗。再一个拐弯，重新向西，小战马朝着最近的那家农舍奔跑。那里有很高的木栅栏，栅栏上有个鸡窝洞，里面还有它最讨厌的敌人——那只长腿黑狗。

灰狗在木栅栏外面耽误了一会儿，小战马趁机钻进鸡窝洞里，躲到了旁边。此时，灰狗来到低矮的门前，向前一跃，跨过了大门，跳进了鸡窝里，顿时母鸡被惊得咯咯咯直叫，拍着翅膀乱飞，小羊羔也咩咩咩地叫个不停。

家畜的保护者——那只黑狗，赶忙跑来救场，小战马赶紧从进来的那个洞里钻出去。身后的鸡窝里传来狗的吠叫声，一会儿又传来人的声音。它不知道最后是如何收场的，幸运的是，从那之后，那只灰狗再也没找过它的麻烦。

野兔小战马生活记录

善于变装的小战马

在这个世界上，潮起潮落是自然不过的事，有低谷就会有高潮，起起伏伏，无限循环。但是在卡萨多的这些年，长耳朵大野兔家族却经历了非同寻常的起伏变化。先是与鸟兽斗，再是与严寒酷暑斗，然后是和瘟疫、传染疾病的蚊虫斗，所幸它们都熬过来了。然而，农民们在这片土地上安家落户后，情况就发生了巨大变化。

大量的猎枪和猎犬使得野兔的天敌狐狸、狼、獾和鹰等数量锐减，于是只用了几年时间野兔便迅速繁殖起来，数量增加了好几倍。但突然来了一场瘟疫，只有最强壮、最有经验的野兔活了下来，这时候野兔又成为稀有动物。又过了一阵子，比比皆是的桑葚树栅栏为它们提供了新的庇护所，这样一来野兔就不用跑那么快，可以凭借智慧跟敌人周旋。这些聪明的野兔在被狗追击时，就会躲到最近的栅栏里，趁敌人寻找入口时逃跑。针对这种情况，狼想出了一个对策，即两面夹击。一只狼占据栅栏这边，另一只狼占据另一边，要是野兔钻进栅栏里，就两面夹击，抓到猎物。此时野兔想要生存下来，只能用敏锐的眼睛注意着第二只狼，避开它所在的区域。

就这样，长耳大野兔起起伏伏，现在又开始多起来。生存下来的野兔经过上百次的考验，在同一片土地上，它们的祖先可能连一个季节都活不下去。

它们喜欢的不是空旷的大草原，而是地形复杂、满是栅栏的小农场，彼此挨得很近，就像一个零零落落的村落。

在纽森的火车站附近，已经形成了这样的村落。一英里以外的村子为长耳大野兔提供了新的住所。村子里住了一只兔子女士，在灰色的树丛里歇息时，它那双明亮的眼睛十分惹眼，所以得名大眼睛。

大眼睛跑得很快，擅长钻栅栏躲避狼。它把窝筑在空旷的草地上，这是一片原始而古老的草原。它在这里繁衍后代。有一个孩子跟她长得很像，都有明亮的大眼睛、银灰色的毛，以及随机应变的机智头脑；另一个孩子则集合了母亲所有的优点，完全可以成为长耳大野兔家族里最优秀的兔子。

这就是我们一直在说的小战马，它赢得了很多赛事，被很多动物所熟知。

它继承了老野兔们的招数，并把它们发扬光大。同时，它也自创了好多新的招数，用来对付宿敌。

小时候，它就发现一个新东西可以保护野兔。有一次，它被一只凶恶的小黄狗追逐，穿梭在田地和农场里，试图摆脱这只狗。这种追逐很好玩儿，因为有时农民和他们的狗会帮助兔子赶走狼。但此时这种方法没有奏效，因为现在追着它的是一条狗。小狗拼命地追着它，穿过一个又一个的栅栏。小战马还小，没什么经验，它开始着急起来。它的

英里

长度单位。1英里约为1.61千米。

耳朵不再向上竖着，而是向后耷拉着，因为它要钻进奥塞奇家栅栏上的洞里，就必须把耳朵放下来，可是敌人轻而易举就能钻进来。栅栏的里面是一群牛，其中还有一只小牛犊。

野生动物有一种奇怪的本能，当它们身处绝境时，会相信任何陌生人。它们知道后有追兵意味着死亡，于是心存一丝希望——陌生人也许可以挽救它们。这一丝希望促使小战马向牛群跑去。本来，母牛们对这只野兔非常冷漠，但它们跟狗结怨已久，一看到小黄狗飞奔过来，便翘起尾巴和鼻子，呼哧呼哧地喘着粗气。它们组成一队，并由那只小牛犊的妈妈带队，向狗逼近，趁这个机会，小战马赶快躲到了多刺的灌木丛底下。小黄狗突然转到一边，想去咬那只小牛犊，至少老母牛是这样认为的，于是就向小黄狗扑去，差点儿没要了它的性命。

当然这种方法以前就有，先辈们就用野牛来对付狼。现在，小战马只是变通一下，利用母牛来对付狗。小战马牢牢记得这一招，并且靠这一招救了自己好多次。

不论从颜色方面看，还是从能力方面看，小战马都是一只出类拔萃的兔子。

动物身上的颜色会符合两个目的：一个是和周围环境相似，便于隐藏自己，这叫保护色；另一个是出于某种目的，便于看到自己，这叫警戒色。长耳大野兔非常特殊，它们的颜色兼具这两个功能。当它们坐在草丛里或者地上时，它们的耳朵、脑袋、后背和身体两侧呈浅灰色。这种颜色接近于土地的颜色，只有走近了才能看到它们，这是它们毛发的保护色。当它们发现敌人正在接近时，会跳起来飞快地奔跑。这时就会丢弃所有的伪装，把灰色隐藏起来，换成明亮的颜色，耳朵变成雪白色，耳尖变成黑色，双腿变成白色，尾巴变成黑色，尾巴尖变成白色。

这是怎么一回事呢？很简单：耳朵前面是灰色的，后背是黑白相间。黑色的尾巴带点儿白尖，它一坐下来，尾巴就藏在双腿底下。耳朵灰色的那面被拉下来，伸展开，身上的黑白纹就会露出来，先前它身上的色彩好像在说“我是土地”，而现在明显的颜色好像是在高喊“我是一只长耳大野兔”。

这样做的目的何在呢？一只胆小的动物为什么在逃跑时居然不想方设法躲藏起来，还向全世界暴露自己的身份呢？这样做必然有缘由。要是没缘由，野兔就不会这么做了。

原来，这是为了提醒后面追击的动物，要是同类，就拉错了警报，马上显示自己本来的颜色，消除错误。要是狼、狐狸或是狗，会让它们知道追的是长耳大野兔，这样追逐只会浪费时间。它们会想：“这可是一只长耳大野兔，在野外赛跑，我可比不过它。”然后它们就会放弃追逐。

黑白相间的纹路是长耳大野兔家族的标志。面对弱小的动物，它们颜色暗淡；一遇上强劲的敌人，它们的颜色就会明亮起来。小战马自己坐着的时候，身上的颜色很浅；等对着狐狸和黄狗时，就变成黑白相间的野兔，然后变成白色的圆点，最后变成轻轻的绒毛，直到消失。

很多农民的狗有这样的经验，逮一只灰色的兔子容易，但要逮一只黑白相间的兔子可就困难了。它们可能会追逐一段时间，但那只是出于好玩儿。对小战马来说，这是一项刺激的娱乐活动，可对没什么天分的兔子来说，会让它遭遇灭顶之灾。

和其他动物一样，小战马也有自己的活动范围，不怎么去外面游荡。它的地盘是村子中心以东三英里的范围，那儿遍布着它的窝。与其说是窝，不如说是矮树丛下面的洞或者垫了些草和松软的树叶的草丛。当然也有舒服的窝，比如在炎热的天气里朝向北边太阳晒不到的洞，天气寒冷时朝向南的深洞，以及为防止潮湿向西用草盖好的窝。白天，它在一个或几个窝里待着，等到了晚上，才出来和小伙伴们觅食、嬉戏，就像好多小狗崽喜欢在月光下嬉闹一样，但在太阳出来前，它们会回到自己的窝里好好地歇息。

对于长耳大野兔来说，最安全的地方就是农场，那里有奥塞奇家的栅栏，还有新到的铁丝网设置在敌人出没的小路上。平原上的某些危险正在减少，但来自人类的危险却日渐增多，比如手枪、猎犬和没有洞的栅栏。小战马把窝安在了那个村的中间，熟悉小战马的伙伴都了解，这一点也不奇怪。这里是危险，但也充满意外的惊喜。当它每次飞奔逃命时，都会在栅栏上发现好多洞，它还有好多的方法能帮自己摆脱危险。

麻烦的追踪者

纽森是个典型的西部小镇。这里布局难看，房屋丑陋廉价，由简单的木板和油毛毡搭建而成，却被伪装得很漂亮。有一间屋子正面看起来像两层楼，一面是仿制的砖房，另一面像是大理石的教堂。

作为人类的住所，没有比这更丑陋的房子了。看到它们，就能理解房主的想法，先忍耐一年，再搬到别处去。这里唯一的美景就是那一排排人工种植的遮阳树，虽然树干被漆成了白色，树冠被剪短了，但仍不失可爱和生动。

冬天，有一个来此度假的游客，总想方设法离开此地。刚到的时候，他还会打听一下好玩的地方。塞在箱子里的白麝鼠，四十年前被印第安人剥去头皮的老贝西，还有吉特·卡森抽过的老烟斗，全都没什么意思。他只能跑到白雪覆盖的草原上。

在很多狗的足迹中间，他注意到一种足迹，那是长耳大野兔的足迹。于是他问镇上的人，是不是有兔子。

那人回答："应该没有吧，我从来没见过。"还有一个纺织厂的工人也这么说。不过一个拿着一捆报纸的小男孩却说："有啊，草原上很多呢，它们成群结伴地到镇上来。斯卡伯家的瓜地里就有一只巨大的兔子，黑白相间，跟跳棋一样！"然后告诉那个人向东走。

那只巨大的兔子正是小战马，它只是偶尔跑到斯卡伯家的瓜地里，它的窝可不在那儿。现在它不在那里，正在朝西的窝里躲避着阴冷的东风。那个窝在麦迪逊大街的东头，陌生人在这条街上慢慢行走时，被小战马发现了。要是他一直走，小战马就没有危险，不过他却离开那条路，朝它的窝走过来。小战马一看那人正在慢慢靠近，赶紧从自己的窝里跳出来，飞快地穿过草原向东跑去。

躲避敌人的小战马跳一下，可以跃过两三米，它跳了五六下后，会停下来侦察一下，就是纵向一跳，以便跳出草丛观察周围的情况。没经验的幼兔会跳四下侦察一次，这样会浪费大量的时间。机灵的兔子跳八九下，才会侦察一次。小战马更厉害，跳十二下才侦察一次，纵向一跳就可以跳到三四米高。

棉尾兔和森林野兔奔跑时，尾巴是卷起来的，紧紧贴在后背上，这样就碰不到雪；而长耳大野兔奔跑时，根据各自的习惯不同，尾巴表现不同，有向下耷拉的，也有向后伸直的，还有卷起来的。有些长耳大野兔尾巴伸直后，会在脚印的后面画下长长的一道线。小战马的尾巴长且黑亮，每跳一下，也会在雪上留下长长的线。一看这条线，就能认出是小战马的足迹。

这会儿，看到没有带狗出门的人，兔子们丝毫也不惧怕。可是小战马却想起之前遇到的凶狠的猎人，十分地恐惧。当那个人离它还有七十五码时，它飞快地逃跑了，贴着地面向东南方逃窜，一直跑到栅栏那里。之后又跑了一英里，像一只盘旋在低处的鹰一样，来到它另外的一个窝。四面八方观察了一下，然后它才进窝休息。

大概二十分钟后，它那扩音器般的耳朵听到了有规律的声音——吱、吱、吱，那是人踩在地面上的声音。它观察了一下，发现那个人手拿着一根闪闪发亮的棍子正朝这边走来。

小战马立刻跳起来，冲到栅栏旁。它没有跳起来侦察敌情，因为铁丝网和围栏挡住了敌人。原来那个人正在追踪地上留下的痕迹，根本就没看见它。

小战马贴着地面向前走，并继续留意有没有其他敌人。它看到那个人正在追踪它的足迹，就使出祖先为了对付黄鼠狼而想出的妙计——制造两行足迹。它沿着直线向远处的栅栏跑去，然后又沿着栅栏的外侧跑了五十码，之后顺着自己的脚印往回走，向另一个方向跑去，一直跑到它的另一个窝。它在外面折腾了一整晚，现在太阳出来了，它打算找个地方睡觉了。还没把地方焐热，它就又听到嚓嚓嚓的声音。敌人追上来了，它又慌忙逃走。

跑了半英里之后，它在一块高地上停了下来。看到敌人还在跟着自己，就转来转去，弄了很多乱七八糟的足迹，搞乱跟踪者。然后它从自己最喜欢的窝旁边跑了一百码，从另一边回来后，躺下来睡觉，这次它可以安心了，敌人一定追不上它了。

稍晚点儿，那个嚓嚓嚓的声音又传过来了。

野兔一下子清醒过来，安静地坐着不动。追踪者在它前面一百码的地方，踏着铁轨，迈着沉重的步子，继续往前走。小战马赶紧钻出窝，它知道这次情况特殊，一定要格外留意。追踪者绕着小战马的窝走了一圈，现在离有黑狗的农舍不到一英里。那有个好用的栅栏，栅栏上有个鸡洞，小战马对这个地方有着美好的回忆，在这里它赢了好几次，还戏弄了那只灰狗。

小战马没打算借刀杀人，只是本能地穿过雪地，向那个栅栏跑去。

鸡洞被封上了，小战马绕到后面，找另一个洞，也被封上了。

它又跑到农舍前面，大门敞开着，那只黑狗睡得正香，母鸡们弓着身子，蜷缩在农舍最温暖的地方，家里的猫正从谷仓朝厨房进发。这个时候小战马停住脚步，站在了门口。

追踪者黑黑的身影正从远处草原的白色斜坡上慢慢向下挪动。小战马跳进院子里，没发出一点儿声响。一只长腿的公鸡看到兔子跳进来，咯咯咯地叫起来，唤醒了睡得正香的大狗，这下小战马危险了。它蹲坐下来，试图让自己“融进”土地中。它的做法是正确的，要不是那只猫，它可能麻烦更大了。那只黑狗向前走了三步，完全没看到野兔，但它成功地挡住了唯一的出口。这个时候，那只猫来到房子的拐角，跳到窗台上时碰翻了一个花瓶，无意间打破了小战马和那只黑狗的紧张氛围。那只猫向谷仓逃去，在大狗面前，快速地逃跑才是上策。它一跑，大狗马上追过去。它们都跑了，小战马起身飞快地逃离农舍，连声感谢都没来得及对那只猫说就直接逃到了大路上。

那只猫最后被农舍的女主人救了，大狗继续躺下睡觉。那个人追踪着小战马的足迹，来到了农舍前。他没有带枪，只带了一根结实的棍子。这棍子就是专门打狗用的，为了防止狗咬人。

野兔不见了踪影。看来，小战马的方法，无论是否提前计划好，都十分有效，可以让野兔摆脱讨厌的追踪者。

第二天，那个追踪者又四处追逐小战马，并找到了它的足迹。在小战马特有的足迹旁边，有一些更小的足迹。这里是它们见面的地方，那里是它们吃东西、晒太阳的地方，远处是它们一起散步的地方。它们的足迹总是在一起。由此得出一个结论：现在是交配的季节。这些足迹是小战马和它爱人的。

新的危机

第二年的夏天，对长耳大野兔来说是个值得庆祝的时期。有一个愚蠢的法令悬赏捕猎鹰和猫头鹰，给这些长羽毛的“警察们”带来灭顶之灾。于是野兔数目激增，马上就要毁了这个村子。

这条法令的受害者——农场主们，决定驱赶野兔。全镇的人都要参加。某一天的早上，他们来到镇北的一条主要大路，打算彻底清理一下这个地带，然后把野兔赶到铁丝网做成的围栏里。此次活动禁止携带危险的枪支和凶猛的大狗，男人和小孩可以带两根长棍和一袋石头；女人们或者骑在马上，或者坐在马车里。很多人带了拨浪鼓、喇叭和哨子，制造出各种声音。马车后面也挂了一串罐头盒，或者系了木板条，和车轮碰到一起，发出叮叮咚咚的声音。野兔的听觉十分发达，大家制造的这些噪声会让它们头脑发胀。

那是个晴天，早上八点队伍集合出发。一开始，队伍只有五英里长，每三四十码就会有一个男人或者小孩放哨。整条大路上都是骑马的和坐车的人。猎手们走在队伍的最前面，负责安排进程和维持秩序。前进的队伍就如一个长方形的三条边，每个人都试图弄出些声音来，边走边敲打路旁的灌木丛。好多野兔跳出来，有的冲到队伍里，被雨点般的石头砸死，只有极个别的几只逃出了包围圈，绝大多数都被逮住了。开始时野兔并不多，走出三英里，野兔越来越多。五英里后，大概走了三小时，队伍聚拢起来。人和人之间的距离慢慢减小，直到相距十英寸。整个队伍的两翼向围栏集中，队尾将两翼连接在一起，形成一个包围圈。

猎手们行动迅速，当野兔撞上时，赶紧用石头砸死。到处都是野兔的尸体，但仍有大批的野兔四处逃窜，数量丝毫不见减少。最后，在把野兔都赶到围栏里之前，周围两英里范围内的地上全都是蹦蹦跳跳的野兔。它们四处蹦跶，想找机会逃跑。包围圈越来越小，人们越站越密，野兔群被挤到围栏里。有些野兔呆呆地坐在中间，有的绕着圈跑，还有的藏在角落里或者挤成一团。

小战马去了哪里呢？它是第一拨被赶到围栏里的。驱赶之前就制订了一个筛选野兔的方针，除了健全而强壮的野兔，其他的都不留。有些人会认为所有的野生动物都是健全的，但其实不是，在四五千只的野兔群里有很多不健全的兔子，瘸腿的、生病的、残废的比比皆是。

这真是一个罗马式的胜利，赢的一方屠杀俘虏，留下来的俘虏被送到竞技场。竞技场？是的，就是那个斗兽场。

围栏里预先准备了五百多个箱子，沿着围栏摆放，每个箱子装一只野兔。

在最后一次围捕中，跑得最快的野兔跑进了围栏里。有些动作敏捷但笨笨的野兔，绕着围栏转圈；另一些敏捷也聪明的，很快找到了躲藏处——箱子里，不一会儿所有的箱子就满了。就这样，五百多只最快也最精的野兔就被留下了。所有的箱子都装满了。这不是准确无疑的，却是简单省事的方法。这五百多只野兔会被猎狗追杀，其中的四百多只会被残酷地杀死。

那天，这五百多个箱子满载着五百多只眼睛发亮的长耳大野兔。它们被放到了训练场上，小战马就是其中之一。

天生的奔跑者

野兔们不爱杞人忧天，别以为大屠杀过后，活下来的兔子会惶恐不安。实际上，等它们到了大城市的狩猎公园被放出来时，非常平和——是的，就是平和。“罗马士兵”们看着这些囚犯，非常负责，野兔们住在一个食物充足的大围栏里，没有敌人的骚扰，条件很好，确实没有什么可抱怨的。

第二天早晨，它们开始了训练。十二扇朝向公园的门被打开后，野兔们被放出来，一群男孩子出现，吵吵嚷嚷地把兔子又赶回了它们之前待的小场地里，那个地方也称为避风港。就这样经过几天的训练后，兔子们知道了，每回被驱赶时，最好尽快从出口回到避风港。

接下来是第二课。先把野兔群从一个侧门赶出来，进入一条狭长的通道。这个通道要绕过公园的三面，最后停在第四面封闭的地段。这里就是起点。打开通向公园的门，兔子们被驱赶着向前跑，突然藏在暗处的男孩们和狗跳出来，追赶着兔子。野兔群蹦蹦跳跳地向四处逃窜，有些年轻的兔子为了侦察，还纵身一跃。跑在最前面的是一只黑白相间的漂亮兔子，眼睛发光，身体匀称，吸引了所有人的注意。它带领着野兔群，快速地前进着，把其他兔子甩出很远，而其他兔子又把那群狗甩在了身后。

“快看呀，看到那只最前面的兔子没？哈哈，真像一匹小战马啊！”一个爱尔兰男孩大声叫起来。小战马的称号由此而来。在跑到一半时，兔子们想起了避风港，赶紧朝那边跑去，远看上去就像一片片飘浮着的云。

第二课的内容就是从围栏里被赶出来后，径直回避风港。过了一周，所有的野兔都学会了这一课，为捕猎俱乐部的盛大集会做好了准备。

现在，小战马闻名遐迩。它的颜色很醒目，领导能力也出众。人们每每谈及它，都拿它和狗相比较。

“我敢打赌，小战马一定赢得了它的对手。”麦克说道。

“我以一赔三，赌我的狗在看台前能捉到它。”一只狗的主人不服气地说。

“我敢用现金打赌，”麦克接着说，“而且是我一个月的工资跟你赌，这些狗没有一只能追上小战马的。”

一来二去，两人就吵了起来。每次把野兔们放到赛场时，很多人都相信小战马是个天生的奔跑者。它能让最好的狗参加比赛后，一直追着它，从起点到看台，再到避风港，不辞辛苦地拼命追它。

残酷的赛跑比赛

盛大集会的第一天早上，阳光明媚，充满希望。看台上挤满了来观看比赛的城里人，跑道是常见的跑马场的那种跑道，到处都是拉着狗的人，用皮带拴着一只或者几只狗。狗的身上裹着毛毯，露出强健的长腿、细长的脖子和适中的脑袋，脑袋上长着大大的嘴巴和灰黄的眼睛，眼神敏锐而闪烁。这些狗结合了自然的力量以及人类的培育，是用血肉锻造出来的最佳跑步“机器”。

主人小心翼翼地呵护着它们，像对待婴儿一般，不准它们吃陌生的食物，闻陌生的味道，见陌生人。主人在它们身上投了很多的赌注，一块陌生的食物就可能撂倒它们。一种注射过药物的肉，还有混合的气味，就能毁掉主人的全部心血，把一个活力充沛的种子选手变成毫无生气的落后分子。

每轮比赛有两只狗参加，赢的进入下一轮。每次比赛，主人把狗牵到出发点，一只野兔被从围栏中放出来跑了一段后，同时放开两只狗去追野兔。场里有一个穿红衣的裁判，骑在马上，观看着比赛。野兔根据自己训练的经验，飞速地跑过空地，向避风港奔去。看台上能看到全景。两只狗追在兔子后面，速度快的那只很快接近了兔子，威胁到兔子的安全，兔子会左右躲闪。出现这种情况，就给追得快的狗加一分，直到兔子被追上并咬死。

有时候，很多可怜的野兔在跑了不到一百码后就被咬死，这多半发生在看台的前面。当然也有成功穿过危险的半英里，左右躲闪，顺利回到避风港的，不过概率很小。比赛的结果就四种：

要么野兔很快被咬死；要么野兔很快跑进避风港；要么用新来的狗替换速度最快的那只狗——在炎热的天气里，时间一长，狗的心脏就会受不了；要么是最后一种情况，野兔不停地躲闪，耗尽狗的体力，而且也不用进避风港，因为那里正有支上了膛的猎枪等着呢。

在这样的比赛里，各种作弊的招数也很多，裁判和狗必须得清清白白。

在第二次比赛前，一个有钱的珠宝商意外地看到爱尔兰男孩麦克，他递出一支雪茄，那支雪茄外面好像包着钱。男孩点雪茄之前，外面包的东西被拿掉了。珠宝商说："假如明天你放狗的时候能照顾一下米基，我再给你一支雪茄烟。"

"要是我来牵狗，我会想方设法让米基得分的，让它的对手不好过。"

"真的吗？"这个珠宝商兴致勃勃地问，"那么，咱们就一言为定，事成之后给你两支雪茄。"

谁都知道，之前放狗的那个人一直铁面无私，颇得大家的信赖。但也有很多人对他不满。有人拿着很多现金去找管事的，要求调查他，于是他被停职，接受调查。这样一来，麦克才得到这一次放狗的机会。

麦克穷困潦倒，而且心思灵活，机会摆在眼前，一次就拿到一年做工的工钱，既不会出差错，也不损害赛狗和野兔。

所有人都知道，野兔都一个模样。选择哪一只野兔上场，也很容易。

第一轮比赛已经结束，有五十只野兔被咬死。麦克出色地完成了自己的工作，每一场比赛都很公平。他保住了这份差事。现在到了决赛的时候，胜利的一方会获得一个奖杯和丰厚的奖金。

平局

体长敏捷的赛狗正在等待上场。第一个出场的就是米基和它的对手，迄今为止没有任何暗箱操作，但谁能说下面的比赛就完全公平呢？麦克可以任选一只野兔参赛。

“三号。”他对着同事说。小战马跳出来了，还是黑白相间的纹路，轻盈的跳跃。它紧紧地盯着拥挤的人群，高高地跃起，做了一次侦察。

“嗬嗬嗬！”牵狗人大声叫着，他的同事拿着棍子，在栅栏上来回地划出声响，小战马一下子跳到八九英尺。

“嗬嗬嗬！”听到这样的叫声，小战马又一跃，居然跳出了十一二英尺。等它跑出三十码，牵狗人同时放了狗，有人认为放晚了，应该在二十码时就松开的。

“嗬嗬嗬！”又是一阵叫声，小战马又跳出了十四英尺，把两只狗远远地甩在后面。

“嗬嗬嗬！”瞧那两只狗，就像大海里的快艇，远在前面的小战马，就像白色的海鸟，飞翔着越过了看台。两只狗和小战马的距离，不仅没有缩小，反而越拉越大！眼见着小战马跑到了避风港的入口，这个口就像是栅栏里的鸡洞。两只狗停在了避风港外面，一阵乱吠。麦克兴高采烈，而那个珠宝商气得要命，记者们一个劲儿地写啊写！

第二天，城里所有的报纸上都写着：“一只长耳大野兔，惊动了世界。小战马，就如它的名字一样，完全战胜了最有名的两只赛狗……”

两只狗的主人争论了一番，最后裁判判定平局，因为两只狗都没得分。于是加赛一场，但比赛异常激烈，它们都没拿到奖牌。

那一天，麦克又碰到了那个珠宝商。

“来支雪茄，麦克？”

“谢谢您了，比赛很精彩，两只狗表现得也不错，我有一支雪茄就够了，感谢您。”

十三颗星星

比赛过后，小战马成了麦克的骄傲。之前的放狗人在调查结束后，恢复了原职，于是麦克被派去赶兔子，这让他的同情心从狗身上转移到了兔子身上，更准确地说，转到了小战马身上，因为五百只野兔里，只有小战马出类拔萃。

之前，也有能成功穿过场地的野兔，但是没有哪只能像小战马一样，一个弯都不转地进了避风港。比赛每周举办两次，每次都得死四五十只野兔。很快，那五百多只野兔就所剩无几了。

每次比赛，小战马都参加，每次都能顺利地跑回避风港。麦克很喜欢自己的工作，也很喜欢小战马。对小战马的天才表现，他非常敬佩，对那些输给小战马的狗，他表示不应该给它们任何荣誉。

能不躲闪而直接跑过赛场的野兔非常少，当小战马连续六次这样时，报纸发表了报道。而且每次比赛后都会加上一条短小的消息：“今天的比赛，小战马成功穿越，专业评论员表示赛狗正在退化。”

六场比赛过后，赶兔子的人激动不已，麦克——这支队伍的指挥官，开始情绪高涨。“野兔也拥有自由的权利，它为自己赢得了自由。”他四处游说，想利用比赛管理者的同情心，释放小战马。当然，比赛管理者才拥有小战马。

“好吧，麦克，要是它能赢十三场，你就可以把它带回它的老家。”

“好的，就这样吧！要不，十场比赛，行吗？”

“这可不行，我还得让它教训新来的赛狗呢！”

“好吧，只要十三场它就自由了，先生，一言为定。”

这时候，又过来一群野兔，其中一只与小战马很像。不过，它速度不快，为了区分它俩，麦克把小战马抓过来，装进一个有衬底的箱子里，用打孔机给它的耳朵做了个记号。麦克对小战马说：“你每次赢得比赛，我就在你耳朵上打一个星星的图案。”他在小战马的一只耳朵上打了六颗星星，排成一排。“等你赢了十三场时，你就自由啦，小战马！”

过了一个星期，小战马赢了新来的赛狗，右耳朵已经没有地方了，于是麦克就在它左耳朵上打星星。又过了几天，十三场比赛都完成了，小战马左耳朵六颗星星，右耳朵七颗星星，为报纸带来了新的素材。

“哈哈！”麦克高兴地笑了起来，“小战马，你终于自由啦！我就知道，十三是多么吉利的数字啊！”

重获自由

“没错，我是这么说过，”比赛管理者说，“不过我还想让它再比一次，我跟人约好了，让新来的赛狗和它比比，反正那只狗也伤不了它。它肯定行的，你别啰唆了。下午再比一场，狗一天都能比两三次，难道兔子就不行吗？”

“它们又不是机器，也是活生生的生命，先生。”

“知道了，你出去吧！”围栏里新来了很多野兔，大的，小的，安静的，好斗的。有一只暴躁的野兔，在那天早上小战马比赛完，偷袭了它。

要是在以前，小战马会使劲儿撞那只暴躁野兔的脑袋，就像对付猫一样，一分钟就将其摆平。但是，今天上午的比赛，小战马用了一些力气，所以被偷袭时没反应过来，花了好几分钟，才摆脱那只野兔，还弄伤了自己。下午的时候，它的身上出现了一两处擦伤，伤势不重，却能减慢它的速度。

比赛开始时，与往常一样，小战马一下子就跑远了，竖起耳朵，微风吹着它耳朵上的十三颗星星。

明奇和凡·高——两只新来的赛狗冲了出去，追赶着小战马。让人惊奇的是，赛狗和野兔之间的距离大大地缩短了，小战马眼看就要被追上了。到了看台处，明奇追上了它。明奇的主人高兴得直欢呼，大家都知道赛狗和它的主人了。又追了不到五十码，凡·高也得了一分，比赛回到了起点。放狗人和麦克站在一起，小战马在来回闪躲，赛狗继续追赶着，小战马很难脱身，到了最后关头，小战马冲麦克飞奔过来，一下子钻进了他的怀里，两只赛狗愤怒地吠叫起来，麦克踢它们几下，赶它们离开。小战马不太可能知道麦克喜欢它，只是依着本能，离敌人远远的，找中立者或者能帮助自己的人。它的运气不错，用对了方法，摆脱了劣势。

麦克带着心爱的小战马快速离开场地，看台上爆出一阵欢呼声。狗的主人向组织方抗议道："这可不公平，比赛还没结束呢。"组织方出面，要回了小战马，让它继续比赛。

麦克为小战马争取了一个小时的休息时间，然后比赛又开始了，它先出发，明奇和凡·高在后面追着。休息过后，小战马看起来敏捷多了，但刚过看台，就被凡·高追上，明奇也随即赶到。小战马一会儿向东，一会儿向西，上蹿下跳，躲避赛狗的爪子。这样持续了几分钟，麦克看见小战马的耳朵耷拉下来。赛狗跳了起来，小战马往旁边一躲，却又碰到另一只赛狗，这会儿耳朵都贴在了背上。赛狗也饱受煎熬，舌头伸着，嘴里都是白沫。小战马的耳朵再一次竖了起来，以往的气势又回来了，径直向避风港飞奔。赛狗也擅长直线追击，在距离一百码的地方，拦下了小战马。小战马只能转弯，继续玩追逐游戏。

此时，狗的主人们看出来，狗快支持不住了，比赛应该结束的，可是没有结束。它们喘着粗气，只能勉强继续比赛。又有两只新的赛狗被放进来，小战马继续奔跑，把之前的两只甩在身后，马上就要到避风港了，新来的两只又追上了。

现在的局势，除了躲藏，没有别的方法可以保命了。小战马的耳朵又慢慢耷拉下来，心脏也急速地跳动，但它意志顽强，沿着Z字形路线猛跑，还引得赛狗撞到了一起。它们老觉得捉住了小战马，其中一只还咬住了它的尾巴尖，不过小战马还是挣脱了。它怎么也进不了避风港，被逼到了看台附近，上千位女士正在注视着它，规定的时间到了，新来的赛狗也快不行了。正在此时，麦克跑过来，像疯子一样大声尖叫：“你们这些流氓、恶霸、胆小鬼！”他一着急，冲向赛狗，想动手打它们。维持秩序的人跑过来，麦克骂骂咧咧，大声地咒骂着狗和狗的主人。

“还公平比赛呢！什么公平比赛！你们这些不说实话的人，恶心的骗子，满嘴胡话的胆小鬼！”他被赶出了赛场。他看到的最后一幕，就是四只口吐白沫的赛狗，无力地追赶着一只气力用尽的长耳大野兔，裁判在马上向拿枪的那个人示意。

麦克听到两声枪响，夹杂着赛狗悲惨的叫声，然后是一阵喧哗声，他明白了，这场比赛的结果是最后一种情况。

他一生很喜欢狗，崇尚公平比赛，这回全被破坏了。他进不去也看不到赛场，只能抄小路去避风港看看，在那里会看得清楚一些。他刚一进去，就看见半耷拉着耳朵的小战马正一瘸一拐地走进来！他知道肯定是开枪的人打偏了，打到了赛狗身上。紧接着看台上的工作人员把一只受伤的狗抬了出去，另一只躺在地上喘粗气的狗则被兽医照看着。

麦克环顾四周，看到避风港的角落里有一个小箱子，然后把筋疲力尽的小战马放进去，合上盖子，把箱子夹在腋下，趁乱翻过围栏走了。

“无所谓，反正工作已经丢了。”他大步向前，离开了这个城市。在最近的火车站，上了一列火车，带着小战马，来到了它的故乡。太阳落山了，平原上拉起黑色的幕布，四周是农舍、栅栏和苜蓿，他打开箱子，把小战马放了出来。他微微一笑，说：“爱尔兰人放走十三颗星星，倍感荣幸！”

小战马还在迟疑，不敢相信眼前的局面，盯着麦克看了一会儿，然后跳出三四英尺，侦察了一下，看清方向。最后，它带着自己独特的纹路，竖起那满是星星的耳朵，去享受重新获得的自由。它如往常一般结实而坚强，融入家乡的夜色中。

在卡萨多，人们后来又见过它好多次。即便后来又有很多驱赶兔子的行动，但它好像知道了应付的方法，有成千上万的野兔被捉住，但从来没有耳朵上都是星星的长耳大野兔小战马。

故事拓展

在这个故事中，人捉住小战马，把它当作狗的追逐对象，不断地对它造成伤害。这种行为对吗？在生活中，如果你见到有人做出伤害、虐待动物的行为，你会怎么做呢？请把你的做法写在下面。

03

蝙蝠阿特拉法

蝙蝠阿特拉法生活记录

蝙蝠妈妈

在山谷里，一日诸多变化，风景美不胜收。特别是日暮时分，景致更是美妙绝伦：太阳被远处山上的树木遮挡住，暮色斜照在这边的森林里。夕阳西下，光线完全被遮住，在绚烂的火烧云的映衬下，山谷里好像蒙上一层绯红色的晚霞。太阳落山后，美丽的晚霞慢慢消失，最后变成了灰蒙蒙的一片。

这个时候，山谷迎来夜晚时分。

然而，山谷的夜晚并不是幽静无聊的。在山谷中，有很多水狸修筑的小水洼，远望像是一层层的梯田。水狸把长在水里的树弄倒，用它们来拦截溪流，最后就形成了片片水洼。森林里的动物跑到这里来，嬉戏玩耍。

溪流的上方也十分热闹，好多树叶状的东西在飞舞。仔细一看，这并不是树叶，而是蝙蝠。

这些蝙蝠犹如精灵一般，统治着傍晚时分的森林，把天空当成自己的舞台。日暮时，它们就会从山谷里飞出来。初时，来的都是一些小蝙蝠。暮色渐浓时，就会有上千只蝙蝠飞过来，嘈杂不堪。然后，会有一只更大的蝙蝠悄悄地飞过来。它满身油亮的黑色皮毛中，夹杂着些许白色的细毛，翅膀也更加宽大。和那些小蝙蝠不同的是，它始终在安静地飞行，姿态十分优雅。这只大蝙蝠从不在最早的时候出现，它就像国王一样，等到大臣们都到了才款款而来。

蝙蝠

蝙蝠科蝙蝠属的哺乳动物。广泛分布遍于世界各地，以热带和亚热带分布最多。大部分蝙蝠都是白天休息，夜间觅食。蝙蝠主要利用超声波回声定位信号搜寻食物、探测距离、确定目标回避障碍。

每天日暮时分，蝙蝠们就会聚集在一起，不是为了跳舞，而是为了觅食。那样刺激而熟练的飞行，只是在追捕它们的美食——蚊蝇等小昆虫。最好吃的莫过于飞蛾。它们根据自身情况，捕猎大小不一的动物。每一次捕猎时，它们都会一下子咬住猎物的身体，在飞行的过程中，就把猎物没有肉的脚和翅膀剔除出去，只留下丰腴的身体部分。蝙蝠们到处飞行，捕食，在半空中剔除飞蛾等昆虫的腿脚和翅膀。

在这些蝙蝠之中，有一只蝙蝠看上去与众不同。它的胸部好像长了两个囊肿，那是两只紧紧抓住妈妈胸部的蝙蝠宝宝。

蝙蝠妈妈沿着山谷飞行，一会儿穿过树丛，一会儿掠过水面。它每天晚上都要这样带着自己的宝宝出来飞行和觅食，从来不曾间断过。

后来，两只蝙蝠宝宝慢慢长大，蝙蝠妈妈再也带不动它们了，只能把它们留在老巢里。蝙蝠妈妈把老巢安在山谷中的一棵大枫树的树洞里。如此一来，老鹰或者其他的动物就无法伤害蝙蝠宝宝了。

老巢的洞口仅容蝙蝠妈妈自己通过，每当蝙蝠妈妈出门觅食时，蝙蝠宝宝就乖乖地在树洞里，等着妈妈捕猎回来。开始时，蝙蝠妈妈带回来的都是肥美松软的飞蛾，之后逐渐地带回一些硬壳昆虫。

一母同胞的两只蝙蝠宝宝，性格却大相径庭：个子小的贪吃，脾气暴躁；个子大一点儿的就稳重许多。

蔷薇盛开的六月已然过去，迎来雷雨不断的七月。两只蝙蝠宝宝长得很快，翅膀已经和蝙蝠妈妈的差不多了，只是体重还不达标。它们依然每天等待妈妈把美食带回来，还不能出门独自觅食。因为身体长大了，它们无法待在狭小的树洞里，只能在外面的树枝上歇息。

每次蝙蝠妈妈回来时，小蝙蝠们就激动地扇扇翅膀。不过最近几回，当它们不停扇动翅膀的时候，发现自己居然能够在空中悬浮了。蝙蝠妈妈觉得，它们到了独自觅食的时候。

有一天夜晚，蝙蝠妈妈像往常一样，带着昆虫回来了，但没有停在洞口，而是停在稍微远点儿的树枝上。饥饿的蝙蝠宝宝们边叫边走，蝙蝠妈妈便飞到了再远一点儿的地方。

它们这样追追停停，蝙蝠妈妈来到了树枝的末端。个子小的那只先扑过去，不过蝙蝠妈妈带着食物飞起来了；个子大的那一只扑得过猛，从树枝上掉了下去。

这可把小蝙蝠吓一跳，赶紧拼命扇动翅膀。

“啊？怎么回事呀？”它觉得自己不再向下落，而是摇摇欲坠地飞了起来，虽然飞得不太稳，姿势也不太美。但毕竟是第一次飞行，没一会儿它就累了，马上就要掉到地上。这个时候，在一旁看着的蝙蝠妈妈赶紧飞了过来，接住它下落的身体，把它送到安全的地方。

小个的蝙蝠宝宝本来不想飞行，可是在蝙蝠妈妈的严厉要求下，在大个蝙蝠宝宝学会飞行之后，也跌跌撞撞地飞了起来。

在七月即将过去的时候，两只蝙蝠宝宝已经学会了如何飞行，身体也长得跟成年蝙蝠一样强壮了。它们的觅食技术急需在训练中提高，所以，每天傍晚时，它们都会跟着蝙蝠妈妈一起出门觅食。

扫描二维码
听导读

不乖的小蝙蝠

有一天，一只独角仙从两只小蝙蝠面前飞过去。

小蝙蝠们马上决定，追逐从未捕食过的独角仙，放弃之前想抓的飞蛾。没一会儿，它们就追上了独角仙。然而，面对独角仙时，它们却束手无策，因为独角仙的硬壳十分滑溜，怎么咬也咬不住，更咬不动。它们试了好几次都失败了，追过来的蝙蝠妈妈温柔地对它们说：“宝贝们，看妈妈是怎么抓住它的，都好好学学！”

蝙蝠妈妈飞得很快，很快就追上了独角仙。妈妈把尾巴处的皮毛弯曲成一个小口袋，边飞边向前一晃，轻而易举地就把独角仙装进了袋子里，然后用两只爪子死死地按住独角仙，封好那个口袋，低下头用嘴扯掉独角仙的腿脚和翅膀，独角仙的硬壳也被撕扯下来。只留下独角仙肉肉的身体部分。看到妈妈成功之后，两只蝙蝠宝宝心里想：“妈妈真是好厉害！”

然后，蝙蝠妈妈教蝙蝠宝宝们如何在空中接到食物。它把食物抛给小蝙蝠，不过它们没有接住。蝙蝠妈妈无可奈何，只能又飞回来，把食物放在自己的尾巴口袋里。一次又一次地抛出去，然后再捡回来。最后，小蝙蝠们终于学会了。它们还不能像成年蝙蝠一样，娴熟地使用尾巴捕猎食物，无论如何，这也是一次颇有收获的练习。

在雷雨季节中，经常会有暴风骤雨，同时还伴有雷电天气。遇到这种情况，蝙蝠们只能待在树洞里。要是连着好几天都是这么糟糕的天气，蝙蝠们就只能忍饥挨饿地待在树洞里。等天气一变好，气温一升高，树洞会变得潮湿闷热。有一天，那只小个子的蝙蝠实在无法忍受树洞里的闷热，不顾蝙蝠妈妈的劝阻，溜出了树洞。

它倒挂在一棵茂密的大树树枝上。一阵凉风吹过来，小蝙蝠感到非常舒服，甚至闭上眼睛开始享受。虽然蝙蝠妈妈一再呼唤它，让它注意自己的安全，但它一动也不动。

天儿过于闷热，森林里的鸟儿都在树荫底下乘凉。也有一些鸟儿发出暴躁的嘶鸣声，在林子里到处乱飞，四处觅食。有一只大鸟，长着坚硬的长喙，发现了一窝雏鸟，瞬间就把这些雏鸟吃进了肚子里。它又在下面的树枝上看到一个黑漆漆的东西，于是飞了过去，用长喙啄了一下。正闭着眼睛的小个子蝙蝠来不及躲开，就被长喙刺进脑袋里，没来得及叫唤，就从树枝上掉了下去。

蝙蝠妈妈和大个子蝙蝠都明白，它不可能回来了，虽然它们不清楚它是怎么死掉的。其实，一个人类正好目睹了这只小蝙蝠的死亡过程。那个时候，有个男人来小溪边钓鱼，当时正在那棵树底下歇息。他听到了大鸟的叫声，接着看到一个东西从树枝上落下来。这个男人正好是个生物学家，就把遗体带回去做成标本，还在旁边标注了死亡原因，提醒人们要留意大自然的法则——不违背大自然的安排，才是生存之道。

阿特拉法

小个子蝙蝠死后，留下大个子蝙蝠和蝙蝠妈妈一起生活。又过了几个月，大个子蝙蝠终于成年了，它就是这个故事的主角——阿特拉法。

蝙蝠妈妈教给它许多的生存技能。在掌握生存技能方面，与其他成年蝙蝠相比，阿特拉法毫不逊色，虽然它刚步入成年。

比如，阿特拉法对于梳理毛发十分在行。它先把身体的下半部分浸在水里，再倒挂在树枝上。首先用一只爪子倒挂，这样可以尽量把身体舒展开，接着用带钩子的翅膀尖仔细地梳理身体，两只爪子来回替换。还有就是清理翅膀，使劲儿地摩擦翅膀的里里外外，这样能把翅膀上的脏东西都蹭掉。一番梳理清洗之后，阿特拉法在飞行时，就会感觉超级轻松。

在捕食猎物方面，阿特拉法更是轻车熟路。它知道哪些猎物不能碰，还熟悉不同猎物的不同捕食方法。比如，蜜蜂会跟自己死拼到底，因此，千万别捉蜜蜂；蜻蜓和飞蛾之类的昆虫，可以在飞行中捕食；独角仙要采用包抄的方式捕食；体形较大的蛾子，必须从上面飞过去，咬断它们的翅膀才能逮住它们。

慢慢地，阿特拉法越来越强壮，但它并不笨重，可以灵巧地飞过狭小的缝隙，那个缝隙只有它的一边翅膀那么宽。阿特拉法飞速掠过水面时，还能轻而易举地避开突然跃出水面的大鳟鱼。

对于自己的飞行技术，阿特拉法自信满满，有时还从夜莺的嘴里抢食。当它发现夜莺在追逐飞蛾时，它会火速飞过去，抢先一步

逮住并吃掉飞蛾。

盛夏的时候，阿特拉法开始独立生活了。虽然它还和蝙蝠妈妈住在一起，但觅食和归巢的时间却完全不同。

最近，蝙蝠妈妈总是在黄昏时出去觅食，回来得也比往常要晚——每次都等太阳快升起来时，蝙蝠妈妈才回到老巢。阿特拉法不知道妈妈在做什么，但它发现妈妈的体形有了很大的变化。

几天后的一天早上，阿特拉法正在树洞里睡觉，突然被一阵奇怪的声响弄醒了。

蝙蝠妈妈也听到了这个声音，马上清醒过来，赶紧飞出树洞。阿特拉法紧跟在妈妈身后，也飞了出去。

天啊！外面全是正在飞舞的蝙蝠，翅膀发出嗡嗡的声音。这些蝙蝠虽然是阿特拉法的同类，体形却大了许多。

它们身上散发出典雅的贵族气质，飞行姿势也十分优雅。每一只蝙蝠都体形健壮而优美。

阿特拉法大吃一惊后，看到一对漂亮的蝙蝠紧贴着飞过来，其中一只个头比较大，另一只个头比较小。等它们离近了，它才发现，个头小的居然是自己的妈妈！妈妈看起来十分地快乐。

阿特拉法突然产生一种感觉，好像被妈妈抛弃了，而且，它想起来最近妈妈越来越不关心自己了，它觉得非常孤单和委屈。

阿特拉法难过地回到树洞里，继续睡觉。睡得正香时，妈妈回来了，还带着那只大蝙蝠。阿特拉法本能地靠近妈妈，然而，那只大蝙蝠却吓唬它，不让它靠近。妈妈假装没看见，并没有阻止那只大蝙蝠。阿特拉法有些委屈，不再试图靠近妈妈，蜷缩在树洞的一个角落里。

它并不知道，这只大蝙蝠就是自己的爸爸。虽然从此之后，蝙蝠爸爸再也没吓唬过阿特拉法。然而，它心里怎么也不舒服，觉得妈妈不再爱自己了，于是打定主意，要离开树洞，再也不回来了。

没过多久，阿特拉法找到新的树洞，开始了独立的新生活。

雄蝙蝠的飞行

其实，在蝙蝠世界里，小蝙蝠的成长都得经过这一阶段。蝙蝠爸爸和蝙蝠妈妈重新在一起后，小蝙蝠就得独立生活了，它们需要找一个新家——完完全全属于自己的家。

这个时节，成年蝙蝠每天都会举办喧嚣的“恋爱舞会”。舞会一结束，就迈入新婚阶段。

秋天快要来临时，猎物逐渐减少，蝙蝠们只能长途跋涉，甚至需要换个地方来捕食猎物。然而，想要顺利地换个地方，还需要不断地进行飞行训练：飞成一个网状的圆圈，不停地向高处盘旋飞翔。

有一天晚上，星星在天空中闪烁。无数只蝙蝠组成一个两层的巨大圆圈，上面一层是雄蝙蝠，下面一层是雌蝙蝠，好像乌云一样。这些蝙蝠上上下下，起起伏伏，不停地旋转着飞向高处。

阿特拉法已经成年，当然也跟着这群雄蝙蝠一起飞行。这些雄蝙蝠无惧太阳的热度，完全不停歇，终于在太阳落山时，抵达了目的地——远离山谷的森林。接着，蝙蝠们就分开了，各找各的休憩处。

雄蝙蝠飞远了，雌蝙蝠才开始活动。它们也采用同样的飞行方式，到达同一片森林。在这次的迁徙过程中，有些蝙蝠掉了队。

在这次飞行中，阿特拉法受益匪浅，它跟着蝙蝠爸爸学会了很多飞行技能。

当天的行程只是整个迁徙中的很小一部分，蝙蝠群会在这个地方停留约两天时间，然后继续向南方飞行。它们会日夜不停地赶路，有时候还会沿着海岸线飞翔。当北方的树叶开始掉落时，蝙蝠群已经抵达草木葱茏的南方，每天晚上都能捕食到许多飞蛾。在南方，阿特拉法开始了自己全新的生活。

南方的冬天虽然不太寒冷，但要想找到春天的踪迹也有些困难。来到这里后，雄蝙蝠群就解散了，三三两两地组成新的小群体，一起生活和觅食。雌蝙蝠晚几天到达这里后，并没有去寻找自己的丈夫，而是和雄蝙蝠一样，组成小群体，一起生活。有时候遇到自己的丈夫时，它们也像素未相识一般擦肩而过。

南方的春天迟迟未来，春天来临时的喜悦之情也无从产生。没多长时间，蝙蝠群就思念起北方，想重返那片土地。于是，蝙蝠们又集结起来，声势浩大地向北飞去。

这个时候的北方，正值早春。在飞行的中途，有一些蝙蝠离队去了别的地方。春天的脚步越来越近，昆虫也越来越活跃。然而，当气温骤降时，蝙蝠群不得不停下脚步，找个地方来取暖。

早春时的天气变化莫测，一会儿冷，一会儿热，很多体质不佳的动物因此而死亡。

没过多长时间，春天就正式来临了，气温上升。蝙蝠群也兴高采烈地继续北上。它们继续飞啊飞，看到了熟悉的山谷和溪流。阿特拉法欢喜雀跃，不过它最后没有回到自己出生的地方。

实际上，蝙蝠的生活习性就是如此。雄蝙蝠平时生活在北方的高山上，一年里都不和雌蝙蝠生活在一起。只有在繁衍生息的时期，它们才会回到这个地方。那一次阿特拉法见到自己的父母就是在这样的时候。

一眼看到幽兰的湖水时，阿特拉法就知道，它们已经抵达了目的地。

阿特拉法身体愈发强健，所以再看蝙蝠爸爸的时候，就不觉得它高大魁梧了。阿特拉法的身体条件、飞行技能和飞行速度都出类拔萃，即便遇到猫头鹰，阿特拉法也能轻轻松松地逃生。

阿特拉法飞起来，速度像闪电一样快，眨眼工夫就能做出回旋、俯冲之类的动作。

阿特拉法居住在高山上。每天夕阳西下时，个头小的蝙蝠就会出门觅食。夜幕降临以后，像阿特拉法这样个头大的蝙蝠才会出门。

它们出门之后，会先去湖边喝水，再开始空中捕猎。饱餐一顿后，它们会玩些刺激的游戏，有些蝙蝠居然胆大得去捉弄猫头鹰。

炎炎夏日里，瀑布成为蝙蝠们最喜爱的游乐场。在瀑布玩耍时，蝙蝠需要飞进瀑布里，随着水流一起迅速下落，快要落入湖底时，赶紧飞离。这种方式很惊险，需要高超的技巧，一旦失误就会被飞流直下的水流卷到湖底，再也飞不起来。就在这个夏日里，已经有好几只蝙蝠葬身湖底了。

除了这种刺激的玩耍方式，阿特拉法它们还总是捉弄湖里的大鳟鱼。大鳟鱼喜欢跳出水面来捕猎昆虫，偶尔也会捕食掠过水面的蝙蝠，把它们当作美食。

阿特拉法它们贴着水面飞行，诱使大鳟鱼跳出来捕食。这种玩法也非常危险，阿特拉法曾经亲眼看到过一些小蝙蝠被大鳟鱼吞进肚子里。即便像阿特拉法这么厉害的蝙蝠，也有可能被大鳟鱼抓到。有一次，在捉弄大鳟鱼时，因为时间计算上出现了误差，阿特拉法的尾巴尖儿就被大鳟鱼咬掉了一小块。

好朋友

阿特拉法开始独立生活后，在高山上找到了一个树洞，作为自己的新家。

有一天，阿特拉法正在树洞里休息，听见树干上不断传来咚咚的敲击声。

一只啄木鸟正好把洞口堵住，用自己的喙啄着树干，木屑漫天飞舞。看起来，它想把洞口拓宽一些，在这里安家。

这一天，阿特拉法都没休息好，它琢磨着还是换个地方吧。因此，到了晚上，啄木鸟回去休息时，阿特拉法就离开了这个树洞，重新去寻找一个家。

不一会儿，阿特拉法就找到了一个新的树洞，比之前那个要宽敞很多。于是，阿特拉法住了下来。

有一天，它听到洞口传来奇怪的声音。它惊慌失措地盯着漆黑的洞口，看到一只圆嘟嘟的动物爬进来，眼睛发着光，不停地四处打量着这个树洞。洞口被堵住了，阿特拉法没法逃走，它吓得全身蜷缩起来。

后来阿特拉法才知道，那个动物是鼹鼠，性情温顺，而且不吃蝙蝠。这只母鼹鼠就要生小宝宝了，所以选中了这个树洞，想在这里产子。于是，这只鼹鼠和阿特拉法就一起生活在这个树洞里。

很快，母鼹鼠生下了可爱的鼹鼠宝宝。阿特拉法和这些鼹鼠宝宝也成了朋友。共同居住在一个树洞里的它们，感情就像一家人一样。

鼹鼠

鼹形鼠科鼢鼠属的哺乳动物。头很尖，身体矮胖，长10余厘米。因长期生活在地下，耳郭退化，眼小，嗅觉灵敏。前肢发达，掌心外翻，是掘土的利器。
白天住在土穴中，夜晚出来捕食。

阿特拉法和鼹鼠宝宝都需要温暖，因此，每当鼹鼠妈妈出门时，阿特拉法和鼹鼠宝宝就相互依偎着取暖。

每当树洞附近的森林里传来咕咕的声音时，阿特拉法和鼹鼠一家都会毛骨悚然，因为这种声音是鹗发出来的。鹗是一种鸟类，也是蝙蝠和鼹鼠的天敌。只要一听到这种声音，阿特拉法和鼹鼠们只能待在树洞里，就算再饿也得忍着，不能出门，直到声音消失。

这一次，恐怖的咕咕声离得越来越近，阿特拉法和鼹鼠妈妈怎么也待不住了，想方设法出门打探一番。

鼹鼠妈妈先冲了出来，向着其他树枝滑行了好几米。当它滑到一棵树后面时，立即藏在这里，寻找下一个停留目标。然而，这个时候，鹗发现了它的藏身之地，向它猛扑过来。

在这个危难之际，在树洞口瞭望的阿特拉法迅速赶过来，冲着那只鹗飞过去。马上要撞到鹗的一刹那，阿特拉法及时转了弯。鹗吓了一跳，等它缓过神来，阿特拉法的鼹鼠朋友早就“飞”到了另一棵树上，找到一个狭小的树洞，钻了进去。

阿特拉法躲开那只鹗，看着鼹鼠妈妈安全逃离后，忽然感觉到身体遭受猛击，摔在了地上。原来是那只鹗的妻子及时赶到。还好，阿特拉法很快反应过来，撞到雌鹗的爪子上，而后躲开了它的攻击。

摔到地上的阿特拉法赶快爬起来，也躲进鼹鼠妈妈藏身的那个树洞里。两只鹗见状猛扑过来，伸着尖爪使劲儿够它们，不断地发出恐怖的咕咕声。阿特拉法和鼹鼠妈妈相互依偎，吓得不敢喘气。

两只鹗抓了半天，也没能抓住它们，逐渐地失去了耐心。它们用喙发出嘎吱嘎吱的声响，这可把阿特拉法和鼹鼠妈妈吓坏了。过了许久，两只鹗终于失去耐心，一只鹗飞走了，去别的地方觅食，留下另一只鹗，继续等待猎物出来。那一只鹗没有离开，阿特拉法和鼹鼠妈妈也不敢出来。整个晚上，它们都躲在那个树洞里。

第二天早上，那只鹗还要喂自己的宝宝，只好放弃猎物，无奈地飞走了。阿特拉法和鼹鼠妈妈终于可以离开那个树洞，回到自己舒服的家里了。

被关进箱子

在蝙蝠的生活中，它们最讨厌的就是会飞的猫头鹰、能藏到树洞里的鼬鼠，以及那些无处不钻的虱子。虱子能钻进蝙蝠的皮毛里，叮咬蝙蝠的皮肤，让它们无法睡觉。

阿特拉法特别爱干净，经常清洁自己的皮毛。它会用一只爪子倒挂在树枝上，用另一只爪子找寻皮毛里的虱子。一旦抓住这些可恶的家伙后，它就会冷酷地咬死它们。要是树洞里爬满虱子，它会重新再去寻找一个树洞。

平常，阿特拉法遇到的多数都是雌蝙蝠，偶尔还能看到自己的爸爸，不过蝙蝠爸爸的身体大不如前。它们相遇时就跟陌生人一样。

在日复一日的平静生活中，阿特拉法逐渐长大。在这群蝙蝠生活的湖区，还居住着很多人类。其实，对于蝙蝠来说，人类才是最危险的动物。每天晚上，在湖区的山坡上，许多人家都点燃很大的炉灶，冒出呛人的烟雾。每天傍晚捕食时，许多怀有好奇心的蝙蝠都飞过去一探究竟。

阿特拉法也有很强的好奇心和冒险精神，有一次，它也飞到了那里。然而，立刻就被浓烟熏得呼吸困难，只能马上飞走。

相比之下，阿特拉法还算是运气好的，运气不好的蝙蝠吸入了太多的浓烟，最后因为窒息而摔死了；还有一些行动缓慢、精神恍惚的蝙蝠，被老鹰吃掉了。因此，对于蝙蝠们而言，这个重污染地区犹如坟冢，相当恐怖。

一天的黄昏时分，阿特拉法正在湖面觅食，突然听到一声巨响，感觉自己胸部剧烈地疼痛，然后就掉落到湖面上。由于蝙蝠的皮毛细密，不太容易进水，所以阿特拉法并没有沉入湖水里，而是漂浮在湖面上。它用翅膀拼命划着水，向湖边游去。

这个时候，一个少年走过来，用木棍把正在划水的阿特拉法挑了上来，把它放进一个空空的罐子里。

那个少年把阿特拉法带回家，放进一个有围栏的箱子里。

这个少年想为自己弄个生日礼物，好练习枪法，而蝙蝠就是最好的目标。不过，他并不知道，蝙蝠虽然长相丑陋，但可以消灭害虫。幸运的是，这个少年并不是调皮捣蛋的孩子，他只是一言不发地盯着这只身体颤抖的蝙蝠。这个时候，少年的妹妹走过来，用她那蓝色的大眼睛好奇地盯着箱子里这只可怜的小东西：

“哥哥，给它弄点吃的吧！”

然后，两个人把一些面包屑放进箱子里。第二天早上一看，那些面包屑还在那里，完全没被动过。于是，两个人又放了一些小虫子、蔬菜和肉，然而，阿特拉法还是什么也没吃。

他们的妈妈看到这种情形，就问他们：“宝贝们，你们喂给它水喝了吗？”

“啊，妈妈，我们忘记了！”两个人赶紧把装了水的盘子放进箱子。趴在那里不动弹的蝙蝠马上挪到盘子边，拼命地喝水。阿特拉法的嗓子早就干得冒烟了。喝完水后，它的精神才恢复了一些。它爬到箱子的一个角落里，把身体倒挂起来，然后睡着了。

第二天早上，两个孩子过来查看时，箱子里的小虫子和肉都不见了，阿特拉法把它们吃进了肚子里。

阿特拉法没有中弹，只是胸部的肌肉受到损伤，在吃过一些东西休息了一阵子后，身体就痊愈了。不过，它被关在了这个箱子里，无法自由自在地飞行，而且那个少年和他妹妹也不想放了它。

重获自由

阿特拉法在箱子里待了两个星期之后，之前喂食的那个少年再也没出现过，现在他的妹妹负责给它喂食。然而，她也只是送来食物就离开，并不会清理箱子，任由阿特拉法自生自灭。

到了后来，阿特拉法才知道，村子里开始盛行一种恶性传染病，那个少年不幸染上了。

有一天，那个小女孩把食物放进箱子之后，就匆匆忙忙地离开，忘记给箱子上锁了。

等到晚上，阿特拉法像平时一样，用鼻子碰撞围栏，结果碰了几次之后，居然把门撞开了。于是，阿特拉法立即从箱子里飞出来，向着敞开的窗户飞去，终于飞到户外。它在屋顶上飞了两圈，仿佛在说："终于自由了！"

阿特拉法离开之后，村子里又多了几座坟墓，其中就有那个少年和他妹妹。原来，兄妹俩都不幸染上了那个恶性传染病，最后都因病去世了。疾病的传播者就是苍蝇等害虫，蝙蝠正是以这些害虫为食的。人类捕猎蝙蝠，使得蝙蝠数量锐减，没有了蝙蝠的捕食，苍蝇等害虫大量繁衍，它们四处传播病菌，为人类带来了无穷的灾难。

在被捉住的两个月里，阿特拉法曾经被用来做过实验。那个时候，村子里有人生病，请来医生。这位医生听说村子里的一个少年养了一只大蝙蝠，于是向他借来做实验。

医生一只手抓着阿特拉法，另一只手把软乎乎的蜡抹到阿特拉法的眼睛上，之后在蜡上贴了橡皮膏。他想搞清楚，蝙蝠不用眼睛，是否还能飞行。幸运的是，这位医生心地善良，不像其他实验者一样心狠手辣，把蝙蝠的眼睛弄瞎了来做实验。

准备工作完成后，那位医生把手松开，阿特拉法扇动着翅膀，跌跌撞撞地飞起来，一开始有些盲目，过了一会儿就能正常飞行了。快要撞上墙壁和天花板时，它也能及时转身，换个方向，继续飞行。医生看到这种情况，想伸手抓住阿特拉法，但被它挣脱开。医生又想用网兜来罩住阿特拉法，仍然被它灵活地躲开了。即使在桌子下面，以及椅子中间，阿特拉法也能轻松地避开房间里的东西，继续飞行。

这个时候，医生继续设置障碍，在房间里拉了很多线。即便如此，阿特拉法照样飞，一根线也没碰到。难度继续增加，医生放了一盆水，并且把几只个头挺大的苍蝇扔了进去，阿特拉法一边喝水，一边捕猎苍蝇。等它追到苍蝇，吃进肚子里后，身体疲惫不堪。它飞到房间的一角，把身体倒挂起来，歇息片刻。此时，医生用网兜罩住它，把它抓住。

经过这个实验，医生明白蝙蝠的飞行并不只靠眼睛，这是蝙蝠与其他飞行动物之间的最大区别，也是蝙蝠最为神奇之处。

重新获得自由的阿特拉法，逐渐长成一只出类拔萃的蝙蝠，同时迎来了自己的鼎盛时期。

夏日就要过去了，阿特拉法经常出现一种难以形容的躁动。它急速地在湖面上、森林里飞行，好像在消耗多余的精力，这样身体才会舒服一些。

小雌蝙蝠

阿特拉法没头没脑地飞行一段时间后，决定来一次远距离的飞行，一方面检查一下自己翅膀的力量，另一方面缓解自己焦躁的心情。

在飞行中，阿特拉法需要穿过那个人类所在的危险地区，也就是自己被抓住的那一片地方。阿特拉法为了避开那些浓烟，稍微修改了一下自己的飞行路线。突然，阿特拉法听到吱吱的悲鸣声。它看过去，原来是一只老鹰正在追击一只蝙蝠，那只蝙蝠个头跟它妈妈差不多大，情况十分危险。

阿特拉法嗖地一下从老鹰面前飞过去，把正在专心捕猎的老鹰吓了一跳，速度慢下来。于是，这只差点儿被吃掉的小蝙蝠赶快逃走，飞回森林里。

看到小蝙蝠逃跑了，老鹰气急败坏，把怒火全发泄在阿特拉法身上。然而，阿特拉法的飞行技能十分了得，可怜的老鹰无计可施。就在这个时候，阿特拉法发出一声呼哨飞走了，只留下无可奈何的老鹰。

奇怪的事情发生了，在那天救了那只小蝙蝠之后，阿特拉法和往日一样倒挂着身体，但怎么也睡不着了，心里总是想着那只小蝙蝠。于是，它扇动着强壮的翅膀，迎风飞行，掠过湖面，向上次遇到小蝙蝠的地方飞去。还是按着上次的路线，躲开毒气，飞到那个森林的上空，它停留了一会儿，不停地扇动翅膀。不过，它感觉那只小蝙蝠不在这里，于是向远处飞去。很快，它就找到了目标——

那只个头小小的蝙蝠。正是它，搅得阿特拉法夜不能寐。

阿特拉法才没有怪罪它呢，哼着欢快的小曲儿就向小蝙蝠飞了过去。

那只小蝙蝠一看阿特拉法靠近，就赶紧逃离，但又不想飞远了，于是飞一会儿就慢下来，好让阿特拉法能够迎头赶上。

其实，这只小蝙蝠是一只雌蝙蝠，阿特拉法到了谈恋爱的年纪。因此，它心里总是蠢蠢欲动，本能地去追逐这只小蝙蝠。

最后，阿特拉法追上了小蝙蝠，它们并排飞行，经常相互摩擦翅膀，相互依偎。过了一个星期，激情慢慢平息下来，阿特拉法和小蝙蝠开始静静地结伴飞行。

恋爱的季节一晃而过，秋天也在不知不觉中来临。蝙蝠的皮毛开始褪色，爱情开始降温。秋天也是个迁徙的季节。这个时候，蝙蝠群又分成了雌雄两个群体，各自聚合。

某一天，雄蝙蝠开始了迁徙的行程；过了几天，雌蝙蝠也动身了。和蝙蝠群一起迁徙的，还有一群燕子。它们也是飞行专家，所以两种飞行专家相遇，自然要进行飞行比赛。蝙蝠群在前面飞，燕子们就在后面赶；燕子们在前面飞，蝙蝠群就如影随形地追在后面。一进入比赛状态，它们就飞得快如闪电。

惊险的旅程

燕子掌握了一门绝技，即在空中飞行时遇上气流，它们会像冲浪者一样迎着气流飞行，这样做一方面可以省力，另一方面飞行速度还快。很快，蝙蝠们也学会了这种技巧。遇上气流，燕子和蝙蝠都扇动翅膀，但是蝙蝠占了优势，并最终赢得了这场比赛。

飞到海岸边时，蝙蝠们筋疲力尽，它们只好休息一个晚上。到了第二天早上，蝙蝠们开始到处觅食，但海岸边空空旷旷，寒风凛冽，少有猎物。为了躲避寒冷、寻找猎物，蝙蝠群只好继续向南飞行。蝙蝠们向着高处飞了一段时间，而后发现情况相当不妙。下雪了，到处都白茫茫的一片，这种天气不利于飞行，蝙蝠群只好先找个容身之地，相互依偎，相互取暖，等待天气放晴再继续上路。

过了一天，大雪终于停了，阿特拉法它们又继续赶路。然而，飞了没两天，天气又变冷了，一团迷雾弥漫开来。还好，蝙蝠不依靠眼睛飞行，所以，虽然在雾气中，它们仍能正常地飞行。然而，在大雾中飞行，唯一的缺点就是无法看到自己的伙伴。当浓雾消散时，阿特拉法终于重新看到了远处的伙伴。不过，也看到了令人恐怖的情况。

到底是什么呢？原来是它的天敌——老鹰。那只老鹰也在向南方迁徙。一路的飞行让它食不果腹。浓雾消散时，它也看到了自己的美食——蝙蝠。

等到阿特拉法看到老鹰的时候，老鹰已经凶狠地扑了过来。

阿特拉法虽然身体有点儿冷，但体力充盈，对飞行没有任何影响，所以它轻而易举地避开了老鹰的攻击。老鹰没有想到，阿特拉法能躲过去，不过，它不会因此而放弃到嘴的美食。它不断地发起攻击，阿特拉法不停地闪躲，不想跟老鹰硬拼，这样太消耗体力，所以阿特拉法一下子飞到云层上面，这样一来，老鹰就追不上了。阿特拉法在上面飞行一段时间后，觉得自己已经甩掉了那只老鹰，于是战战兢兢地飞下来。

等它到了下面一看，已经没有了同伴的身影，周围什么也没有，没有山，没有树，连个歇脚的地方都没有，只有茫茫无边的大海。阿特拉法吓了一跳，完全失去了方向，进退两难。

阿特拉法身体疲惫至极，但它不得不继续飞行，因为大海里无处可停，它只能随着气流滑行。然而，气流不太稳定，它又没有力气自己飞，于是身体慢慢下降。眼看就要坠入大海，突然间听到不绝于耳的鸣叫声，阿特拉法扭过头来，看到一群长翅膀的鸟儿飞过来。

阿特拉法以为敌人又来了呢，重新振作精神。等它发现这些鸟儿和自己向着一个方向飞行时，才放下心来。

不过，虽然阿特拉法拼命扇动翅膀，但身体已经不如和燕子比赛时那么健壮了。它累极了，翅膀总沾上海水，胸部也在剧烈地起伏，呼吸越发急促，海水飞溅到嘴里，苦苦的，咸咸的。

苍茫的大海上，只有海浪翻滚，阿特拉法快要绝望了，有气无力地扇动着翅膀。

夜色渐渐降临，阿特拉法又听到了那群大鸟的叫声，这次声势更加浩大，离自己越来越近。阿特拉法对自己说，不要放弃，于是它重新振作起来。恍惚中它听到了海浪拍打海岸的声音，还有树叶婆娑的声音。

好了，前面就是陆地了，阿特拉法用尽最后一点儿力气，飞到海滩上。它又困又累，很快就睡着了。

有一片随风飞扬的叶子，正好盖在阿特拉法身上，仿佛给它盖了一层被子。

阳光照在海滩上，阿特拉法依然在睡觉。那些在空中飞翔的海鸟没有发现被叶子挡住的阿特拉法。运气更好的是，在涨潮时，海水没有漫过阿特拉法睡觉的地方。等到太阳快要落山时，阿特拉法终于清醒过来，慢慢地睁开双眼，掀开叶子，扇扇翅膀，向天空飞去。

在睡了一天一夜之后，阿特拉法实在口渴得厉害，需要大量地喝水。它停在海边，尝了尝苦涩的海水，无法下咽。它又找到一个小水洼，原来是掉落的雨水，于是兴高采烈地喝了起来。这甘甜的水让阿特拉法恢复了精神，它开始了捕猎。陆地上的食物很多，很快它就吃得饱饱的，在海浪声中沉沉睡去。

实际上，阿特拉法只是到达了大海中的某个小岛上，并不是真正的陆地。然而，阿特拉法十分喜欢此处，之后更是经常过来玩耍。不过，每年春天，它还是会飞回北方。

阿特拉法过着简单而快乐的生活，虽然历经艰难困苦，但对于它而言，这些都是生命中不可替代的珍贵体验。

故事延伸

蝙蝠的种类繁多，请查找相关资料，把你认为最有特点的3种蝙蝠的名称、特性、生活区域记录下来。

04

淘气的小浣熊

小浣熊小嘉生活记录

寻找新住所

每年三月，春暖花开，乌鸦、啄木鸟等许多小鸟结伴而行，飞到大森林里。这个时节，森林里到处飘着它们嘹亮的歌声，一派生机勃勃的景象。小鸟是春天的使者，让森林焕发了生机，打破了冬天的萧瑟。

有一天，夜幕降临时，雪地上闪烁着点点星光。那光虽然微弱，却给森林带来了一丝光明。不一会儿，两只动物出现在暗淡的夜色中。一眼望去，它们比狐狸身型大一些，全身的毛发更为蓬松。最好玩的是它们的尾巴，短短的，肥肥的，上面还有几道黑色的条纹。它们是浣熊，也居住在这个大森林里面。

它们性情活泼，轻轻一跃，就跳到原木的最上面，然后沿着树干来回奔跑。

这是一对浣熊夫妻，个头大的是丈夫，个头小的是妻子。仔细看，在前面奔跑的妻子好像有点儿不耐烦，情绪急躁，一边奔跑，一边回过头来撕咬自己的丈夫；而丈夫却温柔体贴，耐心十足地紧跟着自己的妻子。

真奇怪，浣熊妻子脾气这么暴躁，它的丈夫怎么如此温顺？原来，妻子怀上了小宝宝，而且即将生产。这会儿，它们想赶在生产前，找个安全的新住所。这可是最重要的事情！所以，浣熊妻子不停地在奔跑。遵循着浣熊家族一向的传统，由妻子来决定把宝宝生在哪里，于是，它很自然地在前面奔跑；丈夫的任务就是保护自己的妻子，不让敌人伤害它，所以丈夫紧紧地跟在妻子身后。虽然怀了孕的妻子脾气非常暴躁，但丈夫仍寸步不离地守在它身边。这样才是合格的丈夫！

浣熊

浣熊科浣熊属动物。眼睛周围有一圈深色皮毛，体形较小。喜欢栖息在靠近水源的树林中。属夜行性动物，白天大多在树上休息，晚上出来活动。

浣熊夫妻穿过河边的赤杨林，钻入繁茂的草丛。没过多久，就来到了一片广阔的森林里。然而，这片森林附近寸草不生，而且地势低洼，没有经过人类的开垦，一派荒凉的样子。在森林里，浣熊夫妻继续寻找理想的树洞。浣熊妻子在一棵棵树下面停留，仰头打量，怎么都不满意，只能继续寻找下一棵树。

松树上一般很少有树洞；枫树上也不多见；枯萎的木头里倒是有许多树洞，却不适宜居住。浣熊夫妻理想中的居所，是位置很高的树洞，需要爬上去观察一下。不过，这对夫妻十分相信自己的判断力，不用爬上去，只要观察树干，就能知道那个树洞是否适合自己居住。

在暗淡的夜色中，浣熊妻子看完许多树干之

后，向两条河流的交叉处跑去。它来到一棵枯萎的枫树下面，停了一会儿，向四周望去，非常满意，于是爬了上去。

这棵高大的枫树长在泥泞的沼泽里，附近的小河可以为它们提供食物。在树干的高处，有一个很大的树洞，里面铺了一层松软的木屑。树洞的洞口狭小，但却牢固，旁边还有许多可以遮挡洞口的大树枝，还能让浣熊舒服地躺在上面，晒晒太阳。树洞内宽敞而干燥，不失为一个理想的住所。浣熊妻子考虑了一会儿，就决定在这里安家，迎接小宝宝的到来。

小调皮

扫描二维码
听导读

温煦的四月来临，在大枫树上的新住所里，浣熊妻子顺利地生下了五只浣熊宝宝。小家伙的尾巴上都长着黑色的条纹，胖乎乎的小脸上长着黑色的条纹，看上去和爸爸妈妈一样。

它们刚刚来到这个世界上，每天除了吃饭，就是睡觉，生活极其简单。浣熊妈妈就没那么悠闲了，比往常忙碌多了，要哺育浣熊宝宝，还要把它们弄干净。浣熊妈妈十分疼爱这些小家伙！

过了两个月，浣熊宝宝们长大了。每逢天气好的时候，它们就出来活动，四脚朝天地躺在树枝上，尽情地晒太阳。

五只可爱的浣熊宝宝慢慢长大，性格各不相同。有一只小家伙胖嘟嘟的，动作笨拙，无论做什么事都是最后一个，比其他宝宝慢一拍；还有一只小家伙尾巴最短，上面只有一圈条纹，胆子大极了。我想说的就是这只胆大的宝宝，它是我们这个故事的主角——小嘉，它的脑袋很大，做起事情来没什么分寸，为浣熊妈妈惹了很多麻烦，让妈妈头疼不已。

浣熊宝宝们越长越大，越来越调皮，总是四处乱窜。浣熊妈妈时刻得盯着它们，确保它们的安全，因此平添了很多的烦恼。每次，当宝宝们要出门时，妈妈总会千叮万嘱，要它们只能在树洞附近玩耍，或者去高处的树枝上玩游戏，绝对不能去树洞的下面，因为下面的树皮脱落，树干太光滑，爬上去很危险。

老话说得好，“没有规矩，不成方圆”，立了规矩就必须要执行。每每有宝宝准备下去玩儿的时候，妈妈就会大声阻止。宝宝们都很乖，听妈妈的话，只有小嘉不听话，千方百计地想下去玩儿，不过每次都被妈妈制止了。

听，浣熊妈妈不断地叫喊，肯定又是小嘉不乖了。

小嘉天生叛逆，妈妈越不让下去玩儿，它越想下去看个究竟。总算找到机会了！一天，浣熊妈妈正在树洞里忙碌，小嘉一看妈妈没盯着自己，就偷偷离开晒太阳的树枝，爬到树洞下面去了。树干太滑了，它刚伸出前爪，身体就失去了平衡，像滑滑梯一样，滑了

下去。这让小嘉吓了一大跳，本能地伸手抓住周围的东西，不过抓到的树枝太细了，它的身体又太胖，最后，扑通一声掉进了小河里。

其他的浣熊宝宝看到小嘉掉进了水里，都吓得大叫起来。妈妈听到了叫声，赶紧跑出来，看到小嘉在水里拼命挣扎，立刻爬下来。

这个时候，水流已经把小嘉冲到了岸边。

小嘉毫发无伤地回到枫树下。妈妈看到小嘉没事，也回到了树洞里。这个时候，小嘉看到其他宝宝都羡慕地盯着它，愈发得意起来，走路也趾高气扬的。然而，它想爬回树洞里。不过，树干太滑了，它试了几次都滑了下来，只好向妈妈求救。妈妈听到了它的求救声，只好从树洞里爬下来。

妈妈先用嘴巴叼住小嘉的脖子，再用前面的爪子夹住小嘉，转身来到树干的另一面，那里有两条很长的裂缝，正好可以让小嘉抓住，并直起身来。然后，妈妈在下面推小嘉，小嘉用爪子抓住裂缝，一步一步爬回到树洞里。

有趣的捕猎

又过去了半个月。

一天晚上，天空中升起一轮圆月，浣熊妈妈想带宝宝们到树下玩耍。通常来说，在漆黑的夜晚，成年的浣熊可以自由活动，但要想教宝宝们如何打猎，还需要一些光线才行。

浣熊爸爸先从树上爬下来，观察周围的环境，确保没有任何危险。

浣熊宝宝们想从光滑的树干上爬下来，只能抓住树干背后的两条裂缝。它们需要把尖尖的爪子嵌进裂缝里，才能爬下来。妈妈做了示范，教它们如何爬树才不会滑下去，跌到地上。然后，宝宝们一个接一个地从树上爬下来。

对于浣熊宝宝们而言，树下是个美丽的新世界，每样东西都那么新鲜有趣。它们用爪子摸摸地上的小石头、小草和小枯叶，再放到鼻子下面闻一闻。最让它们好奇的还是那条小河，水面波光粼粼。它们也用爪子摸了一下，却没有抓住水流，水从指缝间流走了，多么神奇、多么有趣啊！

宝宝们围着几棵大树转圈，尽情地奔跑；过了一会儿，又滚进地面的小洞里。它们早就忘了下来玩耍的目的。

这个时候，妈妈把它们叫了过来，它要教孩子们打猎的本领。在沼泽旁边，妈妈蹲下来，把两只前爪伸进水里，不停地搅动着水流，一边看着爪子下面，一边还得留神远处，看森林里是否有敌人出没。

过了一小会儿，妈妈挥动着尖利的爪子，把泥里的小鱼、小蟹和小青蛙给抓了上来。

宝宝们看得目瞪口呆，仔细留意妈妈的每一个动作，接着也蹲了下来，在沼泽边排成一排，像妈妈那样，也把两只前爪伸进水里，拼命地搅和。在软绵绵的泥里，它们一个劲儿抓东西，抓到了长长的树根、坚硬的石头，还抓到了一些柔软的、身体不断翻动的小动物。这会儿，它们才明白过来：原来妈妈带它们下来，是想教它们打猎的本领。

这些柔软的、身体不断翻动的小动物，原来是小蝌蚪。小嘉抓了不少，急忙放进嘴里，然而，蝌蚪混在很多沙子里，把小嘉的牙硌得生疼。于是，小嘉赶快把嘴里的沙子和小蝌蚪吐了出来。

瞧瞧妈妈的做法！它捉住小蝌蚪之后，先放进水里涮了涮，把沙子洗掉，再塞进嘴里。刚才小嘉太着急了，都没有把沙子洗掉，就直接吞进了肚子里。现在，小嘉学会了，先洗洗小蝌蚪，再塞进嘴里，好好嚼一嚼。嗯，简直是美味啊！

其他的浣熊宝宝呢？除了小嘉之外，其他的宝宝都非常胆小，跟在妈妈屁股后面亦步亦趋，跟小嘉相比，它们学的本领就少多了。不过，在那个夜晚，它们也学会了在水中觅食的本领，学会了怎么吃下去。显而易见，小家伙们十分喜欢在水中觅食，真是太好玩儿了！

这些小家伙正乐此不疲地玩耍时，突然听到爸爸低沉的叫喊声。它们马上停下来，因为爸爸发出了危险信号：

“危险！快爬回树洞，快爬回树洞！”

虽然宝宝们搞不清楚情况，但从爸爸的叫喊声中，察觉出危险在逼近。所以，妈妈赶快让宝宝们集合，指挥它们一个个爬回树洞，然后自己也爬了上去。在温暖的树洞里，小家伙们紧紧地靠在妈妈身上，听到小河下游的远处，传来汪汪的叫声，听上去好像一只可怕的怪兽。妈妈也在全心贯注地听着这个声音。

没一会儿，浣熊爸爸就回来了，浑身湿透了，神色慌张。原来，那个叫声是猎狗发出来的，浣熊爸爸为了引开它们，绕了一个很大的圈子，最后从水里游了回来。如此一来，就可以把身上的气味消除干净。要是爸爸从陆地上回来，也许就甩不掉猎狗了，因为猎狗会闻着气味找到这里来。

追踪的猎狗果然上当了，在浣熊爸爸故意留下气味的地方，找了好久好久，结果跑到森林的深处，离树洞越来越远。猎狗们恐怖的叫声慢慢消失，浣熊爸爸和浣熊妈妈才放下心来。

这个晚上，小嘉它们学会了许多本领。比如，在月光照射的河边如何觅食；听到爸爸的危险信号后，如何按顺序爬回树上，躲进树洞里，从而逃离险境。

整个晚上，小家伙们都在追忆水中觅食的乐趣。它们希望明天晚上也能到下面去，再玩一次捕猎的游戏。

可口的河贝

惊心动魄之后，浣熊一家度过了平安无事的夜晚。

很快，就到了第二天晚上，浣熊妈妈不太放心，总觉得树下隐藏着某种危险。不过，浣熊宝宝们完全察觉不到，脑子里全是水中觅食的愉快情景，它们都按捺不住地想要下去玩耍。

然而，妈妈始终不让小家伙们下去。它跑到树洞外面，站在晒太阳的大树枝上，左看看，右看看，同时竖起耳朵，全神贯注地倾听着下面的动静。

小嘉它们早就饥肠辘辘了，迫不及待地想下去大显身手，特别是小嘉，它不断地跟爸爸撒娇，要东西吃。这个淘气包吵得爸爸受不了了，只能先和妈妈一起爬下去。到了地上，这对浣熊夫妻小心翼翼地观察着周围的动静。妈妈一直盯着河对岸，不过什么也没发现。

然后，妈妈让小家伙们都下来，叮嘱它们要牢牢地抓住树干的裂缝，一个挨一个地爬下来。它们到了地上，马上就向河边跑去，开始时，它们只是美美地玩了一会儿，等玩够了，才从水里找了些食物。

这一次，依然是小嘉第一个找到美食——一只青蛙。然后，其他的小家伙也抓到了青蛙。最后，最小的那只浣熊宝宝也抓住了一条正在游动的小蝌蚪。它们高高兴兴地品尝着自己亲手抓到的美食。

不久之后，小嘉发现了一个新宝贝——长得奇怪的“青蛙”，就在水中隆起的沙洲上。不过，这只“青蛙”和之前的不太一样，比它们好看许多。它的身体中间有两扇“小门”，从“门缝”里望去，有一团肥美丰腴的肉。小嘉的馋虫在作怪，赶忙扑了过去。然而，就在小嘉扑过去的刹那，两扇门迅速关闭。

糟糕的是，小嘉的一只前爪被夹住了。

小嘉马上大声叫唤，让妈妈过来救命。妈妈赶忙跑过来，一看就知道了，原来小嘉刚才抓的根本不是“青蛙”，而是美味的河贝！

河贝长着两片坚硬的贝壳，不断地开开合合。然而，这都难不倒浣熊妈妈，它能轻松地对付这个家伙。只见妈妈用锋利的牙齿把贝壳咬碎，如此一来，河贝只好打开贝壳，小嘉马上收回自己的前爪。然后，把贝壳里的肉抓出来，洗干净之后，塞进嘴里。

啊，真是美味啊！

只可惜，这么好吃的东西会咬人，下次可得小心一点儿，小嘉如此想着。这个晚上，小嘉不但认识了河贝，还知道它们会咬人，又学了一些新本领。

浣熊宝宝们美美地吃了一顿，而浣熊爸爸一直辛苦地忙碌着，它趴在一根鼓起的树根上，观察周围的情况，看是否有危险出现，偶尔发出低沉的叫声。浣熊妈妈无暇觅食，只是不停地沿着河岸跑来跑去，想方设法除去孩子们留下的足迹和气味。

从开始到现在，妈妈始终有种不祥的预感，让它有些不安，好像察觉到危险正悄悄逼近。

妈妈奔跑着，突然对小家伙们大叫起来：

“危险！快爬回去，爬回树洞里！”

小家伙们还没有玩过瘾，还想多玩一会儿。特别是小嘉，正玩得开心，怎么也不愿意回去。不过，它怕挨揍，只好跟着其他浣熊宝宝一起爬上去，躲进了树洞。

浣熊爸爸和浣熊妈妈刚回到树洞里，山坡那边就传来了狐狸的叫声。妈妈从洞口张望，看到旁边有一只麻雀，在叽叽喳喳地叫着。麻雀的叫声并没有引起妈妈的注意，它听到了另外的声音，一个非常微弱的声音。宝宝们一点儿也不害怕，但爸爸妈妈听完之后，却吓得脸发白，心惊胆战。好像是树枝被折断的咔嚓声，还夹杂着猎狗的叫声。声音离得越来越近，很快，森林里出现一道红光，不停地闪烁着，原来是一帮猎人和他们的猎狗。

这些声音正是他们发出来的。

浣熊妈妈吓得身体颤抖，它曾经在森林里看到过猎人和猎狗一起围捕动物的情景。

到了大枫树的附近，猎狗突然狂吠起来，不过猎人们并没有停留，而是向另一个方向迅速跑去。原来，猎狗闻到了狐狸的气味，他们就是去追赶狐狸的。到了这个时候，浣熊夫妻才放下心来。虽然猎人和猎狗已经走远了，为了宝宝们的安全，它们还得时刻留意，警惕地观察着周围的环境。

另一个浣熊家庭

第二天晚上，浣熊妈妈不停地用鼻子闻闻空气中的味道。有时候，清风可以把敌人或者猎物的气味吹过来，这能帮它们躲避危险或者轻松觅食。妈妈观察了好久好久，确定没有危险了，才带着全家爬下去。昨天晚上猎人和猎狗刚从这里经过，这让浣熊夫妻十分地警惕。

可是，小嘉不喜欢妈妈的做法，它觉得妈妈的胆子也太小了。大家好不容易盼到了天黑，都想下去痛快地玩耍，但稍有风吹草动，妈妈就举棋不定。更糟的是，好几次，妈妈都取消了它们的觅食活动。

在这个安静的晚上，小浣熊们从树上爬下来后，想像以前一样，直奔下游而去。不过，妈妈却领着它们去了上游，中间也不让休息，不停地在走路。

沿着水流走，小嘉看到附近有个泥坑，里面有许多小动物在蹦蹦跳跳，看起来是个很好的捕猎场所。不过，妈妈在前面大吼：

“快点儿跟上！不要左顾右盼，也不要掉队！”

小嘉虽然舍不得这些美味，但还是紧紧地跟着队伍。它走了几步，停下来猛地一捞，从水里抓住一只活蹦乱跳的大虾。小嘉赶紧塞进嘴里，连壳带肉地吞进肚子里，真是好吃极了！

小嘉偷偷地吃完大虾，马上追赶队伍。走了一会儿，它们听到呼呼的声音，就像刮大风一样，还有青蛙跳跃的声音。再走一会儿，它们来到小河边，原来刚才的声音是水流撞击岩石的声音。月光下，水花四射，波光粼粼。

看到此番蔚为壮观的景象，小家伙们都目瞪口呆。忽然，浣熊妈妈停下了脚步，目不转睛地盯着前方。然后，它发出一阵叫声，并且竖起了身上的毛。这个时候，浣熊爸爸赶紧跑到最前面。

原来，前面有几只和它们长得差不多的动物，正在水中抓青蛙，它们的尾巴上也有黑色的条纹，看来是另一个浣熊家庭！

两个浣熊家庭出现在同一个地方，换一句话说，小嘉它们闯入了人家的地盘。为了争夺这个地盘，一场大战迫在眉睫。因为，在大森林里动物们得保护自己的地盘，这是非常重要的事。

小嘉的爸爸为了显示自己的勇敢威猛，昂首阔步地向前走去，身上的毛也竖起来了。两个家庭的小家伙们都躲进自己妈妈的怀里，惊恐地看着对方。那个家庭的浣熊爸爸挺身而出，走了过来。这场恶战将决定地盘的归属。

爸爸们发出低沉的吼叫，大战开始了。它们看上去都非常高大威猛，都很有自信，觉得自己会战胜对方。它们也认为自己代表着正义，必须要捍卫正义。

这样说来，哪边才是正义的一方呢？在动物的世界中，它们会留下自己的气味，来占地盘，以此向其他动物发出警示，不得随意进入。现在，这个地盘很明显存在争议，小嘉一家曾经来过这里，留下过气味。但是，在占了地盘之后，它们就很少来这里了。所以，时间一久，留下的味道变淡了。而那一个浣熊家庭，虽然到这里的时间较晚，但经常来这里捕猎，留下的气味反而浓郁。

如此一来，这个地盘就无法确定属于谁了，双方都认为是自己家的。所以，唯一的解决方式就是通过争斗，胜利的一方拥有地盘。

两位爸爸已经摆开阵势，先绕着地盘跑了几圈，然后猛地向对方扑去，扭打在一起，不停地撕咬着。小家伙们站在妈妈身后，为爸爸摇旗呐喊。

爸爸们势均力敌，互相纠缠，难分高下。第一个回合之后，它们再一次向对方猛扑过去。然而，由于力气过大，双双掉进了河里。冰凉的河水，让它们清醒过来。于是，它们停止了战斗，爬上岸来，心平气和地回到了自己家人身边，然后拉开距离，各自觅食，互不影响。

不过，它们时不时地发出低沉的吼叫声，看起来怒火没有完全消除，可能心里还不太服气。无论怎样，在这处公用的地盘里，它们还能和睦共处。时间一久，两个家庭居然成了朋友。这就是所谓的不打不相识吧!

小嘉被抓

在小嘉爸爸和另外一位浣熊爸爸决斗的那一天，小嘉第一次抓到了美味的大虾，它觉得自己已经长大了，可以自立了，不禁自傲起来。它对妈妈的一些做法越来越看不惯，行为也越来越叛逆。每次妈妈带它们去下游觅食的时候，不听话的小嘉总是跑到上游去；妈妈提醒它不要在石头上留下自己的气味，它也毫不在意。

这一天，妈妈又带它们去下游觅食，然而，小嘉很想去之前抓到大虾的那个小水塘，想再尝尝美味的大虾，虽然妈妈一直在呼喊它，可它充耳不闻。

小嘉跑到了那个小水塘，抓住了两条小鱼，塞进肚子里之后，它继续往上游跑。

没一会儿，小嘉就来到了那处公共地盘。它闻到了一种危险的气息，那就是让妈妈闻风丧胆的气味——人类的气味。刚才，一个印第安猎人从这里经过，他以捕猎动物、贩卖动物皮毛为生。不久之前，他在河边的沙地上发现了很多的浣熊足迹，于是设下陷阱来捕猎浣熊。

虽然如此，小嘉还是不以为然地继续向前跑，它像以前一样，先把前爪伸进水里，然后不断地搅动水流，希望能抓到更多的美食。忽然间，只听到咔嚓一声，它的爪子被水里的一个东西给夹住了，它赶忙往后一拽。天啊，居然是个夹子，正是那个印第安猎人皮特设下的陷阱。

“救命啊，救命啊……”小嘉高声呼救，希望妈妈能够及时出现。然而，妈妈此时正在离得很远的下游，根本听不到它发出的求救声。

小嘉想方设法逃脱，想把爪子从夹子里弄出来，可是怎么也甩不掉。更糟糕的是，夹子的另一头拴在一根铁链上，无法挣脱开。

那天晚上，小嘉都在不停地求救，最后无计可施了，就大哭起来。现在，小嘉非常后悔，应该乖乖地听妈妈的话。等到天亮的时候，小嘉疲惫至极，嗓子也哑了，无法叫出声来。

印第安猎人皮特看到小嘉时，大吃一惊。因为他设的这个夹子是为麝香鼠准备的。他把小嘉从夹子上放出来，这个时候，小嘉已经无法动弹了，身体看上去非常虚弱。

皮特把小嘉装进衣服口袋里，然后就回家了。中途路过比多家时，他看到比多的两个女儿，就大方地给她们看了自己新抓到的猎物——小嘉。

比多的大女儿特别喜欢小嘉，一直抱着，不肯撒手。冻了一晚上的小嘉，身体蜷缩成一团，现在被人抱着、温暖着，慢慢清醒过来。

后来，应比多大女儿的请求，比多从皮特手里买下了这只小浣熊，此后，小嘉成为比多家的一员。小嘉浑身毛茸茸的，憨态可掬，大家都叫它小嘉。

新生活

从那一天开始，小嘉有了一个新家。

在比多一家人的呵护和照料下，没过两三天，小嘉的身体就痊愈了。比多一家人把小嘉当作家庭成员看待，对它就像自己家的孩子一样，比多的女儿经常和小嘉一起玩耍。

新生活开始了！

小嘉的饮食习惯也变了，它不再吃青蛙和小鱼，而是吃面包、喝牛奶，就跟比多的女儿一样。就连比多家的小猫都习惯喝牛奶了。小嘉是怎么喝牛奶的呢？它先把前爪伸进放牛奶的杯子里；然后，把一片面包泡在里面，把浸了牛奶的面包捞出来，塞进嘴里；最后，故意弄倒杯子，让牛奶流得到处都是。

比多养了一条名叫鲁尼的大狗，养在农场里。开始的时候，鲁尼每每看到小嘉，都会大声狂吠。小嘉非常害怕，每次都躲着鲁尼。比多的女儿们担心小嘉挨鲁尼的欺负，因此从来不让它们单独相处。然而，日子一长，两个小家伙慢慢熟悉起来。鲁尼知道孩子们都很喜欢小嘉，所以它也不再冲小嘉大叫了；而小嘉也喜欢上了鲁尼。过了半个月，它们就成了好朋友。现在瞧瞧它俩，睡午觉的时候，小嘉的小脸贴在鲁尼毛茸茸的胸前，软软的，真是舒服极了。

小嘉外表长得有点儿像猴子，也有点儿像小猫。每当调皮捣蛋时，它会一直做鬼脸，惹得家里的孩子们捧腹大笑。

过了一段时间，小嘉适应了这里的生活。孩子们经常从衣服口袋里掏出好吃的给它。久而久之，它一看到孩子们，就后爪蹬地，爬到孩子们的身上，去掏衣服口袋，找那些好吃的。在农场里，要是它一会儿不露面，肯定是躲在某个地方干“坏事”呢。

有一天，小嘉偷偷溜进仓库里。仓库的架子上摆了很多瓶果酱，小嘉用爪子伸进每个瓶子里，不停地搅和，它觉得这么做非常好玩儿。然后，它把一瓶李子果酱掏出来，吃得满身都是，黏黏糊糊的，完全变了个样。要是不仔细看，肯定认不出它来。

小嘉正玩得开心，比多夫人走进仓库里取东西，她看到了小嘉做的“好事”。小嘉一看见她，马上就扑了过去，想撒撒娇，不过，这一次却被女主人教训了一顿。

还有一天，比多数了数鸡窝里的鸡蛋，一共有十三个。可到了第二天，小嘉消失了很久，于是大家高声呼唤它的名字，四处找寻它的身影。小嘉有一点非常好，只要一听到别人叫它，就会马上回应。这个时候，鸡窝那边传来了窸窸窣窣的声响。大家赶紧跑过去查看，只看到小嘉躺在鸡窝上，鼓囊囊的肚皮向上，身边到处都是破碎的鸡蛋壳，原来它把十三个鸡蛋全吃进肚子里了！

本来，鲁尼负责看护鸡窝，它在的时候，森林里的狐狸或者浣熊不敢靠近鸡窝，但是这次小嘉居然把鸡蛋吃光了。鲁尼左右为难，一边是自己的好朋友，另一边是自己的职责所在，最后只好假装没有看见，直接走开了。

小嘉的调皮捣蛋，让比多先生怒气冲冲，但是因为孩子们非常喜欢小嘉，每次它干坏事了也不批评和惩罚。直到有一回，小嘉又犯了个大错。

那一天，大人们都出去办事了，孩子们也上学去了，只留下小嘉在家里。在房间里，它漫不经心地转悠着。突然间，它在写字台上看到了一个好玩的东西——一个墨水瓶。于是，它爬上写字台，打开墨水瓶的盖子。因为它的动作幅度过大，墨水洒了出来，小嘉习惯性地用爪子伸进瓶里，搅和了几下，就像以前在河边觅食一样。等它玩腻了，又找到一个好玩的事。它把爪子放到旁边的纸上，踩出了小脚印。没过一会儿，孩子们的课本上、墙上的壁纸、窗帘上，就连女孩们的连衣裙上，都留下了它黑黑的小脚印。然后，小嘉又跑到卧室里，爬到了床上，把洁白的床单上也弄上了黑脚印。最后，家里到处都是它的黑脚印，乍看上去还以为家里有一群小浣熊呢。

家里人陆续回来后，看到这番情形，顿时目瞪口呆。小嘉把家里弄得一塌糊涂，所有人都十分生气，特别是比多先生，气得咬牙切齿的。女孩们喜欢的连衣裙被弄脏了，也心疼得直叫唤。爱干净的比多夫人，看到白床单上的黑脚印，也气得哭了出来。

这个时候，小嘉完全不知道自己闯了祸，还伸出前爪，得意扬扬地炫耀：瞧瞧，我干的好事！

然而，这一次，小嘉真的闯了大祸！

比多先生马上打定主意，要把小嘉送走。孩子们虽然很喜欢小嘉，但是看到它把心爱的课本和连衣裙都糟蹋了，爸爸妈妈也火冒三丈，所以谁也不敢为小嘉求情。

很快，比多叫来了皮特，让他把小嘉带走。于是，皮特再一次把小嘉装进衣服口袋里。小嘉非常不喜欢这个当初逮住它的印第安猎人，它还是喜欢比多一家、好朋友鲁尼，以及比多家好玩的农场，不过，它毫无办法。鲁尼看到小嘉被带走，一脸困惑，不知道发生什么事了，只能无奈地冲着皮特大叫了几声。

小嘉逃跑

炎炎夏日即将过去，捕猎的季节来临，皮特开始了新的计划：他最近买了一只黄色的猎狗。对于皮特而言，这时候小嘉回来，真是太及时了，他想用小嘉来训练这只猎狗，然后让猎狗去抓浣熊。

皮特把小嘉带到马棚里，然后又把那条拴着铁链子的猎狗弄过来。猎狗一看到小嘉，立马狂吠起来，向小嘉猛地扑过去，把铁链子拖得呼啦直响。皮特看到猎狗的表现，非常满意地大笑起来。

这把小嘉吓得够呛，它很难过，不明白同样是人类，比多一家对它那么好，而皮特却这么残忍；同样是狗，好朋友鲁尼多么友善，而这只大黄狗却这么凶残。

很快，大黄狗就猛扑过来，小嘉要么灵活地躲开，要么勇敢应战，与大黄狗拼个你死我活。

有的时候，大黄狗会死死咬住小嘉的脖子，然后左右晃动；有的时候，小嘉也会趁机狠狠地咬住大黄狗的腿部。小嘉的脖子粗壮，皮毛密实，就算被大黄狗咬住，也不会留下伤口，而小嘉咬大黄狗的那一口，让它痛不欲生。皮特没有想到，小嘉竟会如此勇猛，只好马上把大黄狗牵走了。

小嘉每次看到皮特牵着大黄狗来，就知道肯定不会有什么好事情。在皮特的挑唆下，大黄狗向小嘉扑过去，小嘉和它打成一团。此外，皮特还制订计划，加强对大黄狗的训练，好让它成为一个真正的捕猎高手。

一天黄昏，天气凉爽，皮特扛着猎枪，牵着大黄狗，把小嘉也装进了一个布口袋，然后一起来到大森林。这次的训练任务是：在森林里放出小嘉，让大黄狗追捕。他想先把小嘉放出来后，跑一段距离，再解开铁链，把大黄狗放出去。这次的实战演习，主要目的是要大黄狗学会循着猎物的脚印或者气味，追踪到猎物。

因此，此次演习可谓意义重大。

在训练猎狗捕猎方面，皮特的经验非常丰富：等到了森林里，他先把大黄狗拴在一棵树上，然后找了个大黄狗看不到的地方，把小嘉从布口袋里放出来。

小嘉重获自由后，还没搞清楚怎么回事呢。只见还被拴在树上的大黄狗不断向自己的方向扑过来。还好，小嘉反应很快，马上就躲开了。它看到有机会逃跑，赶紧向森林深处狂奔。

小嘉使劲儿向前飞奔，竭尽全力，它以前从来没这么跑过。因为这是它唯一的机会，也是最后一次机会。只有抓住这个机会，才能获得真正的自由。所以，片刻之后，小嘉的身影就消失在森林深处。

大黄狗看到去追小嘉的皮特拿回了一个空空的口袋，就知道小嘉“逃跑”了。它想赶快去追，可它还被拴在树上呢，只能在那里急得干瞪眼。

这个时候，皮特想解开铁链，放大黄狗去追小嘉。然而，大黄狗太着急了，没等铁链解开就来回蹦跶，给皮特带来了不小的麻烦。皮特使劲儿拉住铁链的一头，大黄狗使劲儿拽着铁链的另一头。这样的拉锯战，又浪费了一些时间。

这个时候，皮特火冒三丈，大黄狗气急败坏。于是，时间又过了大半，皮特才把大黄狗制服住，让它乖乖听话。接着，解开了铁链，放出大黄狗。

过了这么久，小嘉早就不知去向了。

大黄狗用鼻子四处闻，闻了好一会儿，才找到小嘉的脚印。然后，它冲着皮特狂吠一阵："主人，我找到小嘉的足迹了！"它沿着脚印继续追踪。皮特也赶紧跟上，在追踪的过程中，大黄狗有时候跑得太快了，皮特就会把它叫回来，然后再继续追踪。

皮特心里想得很美："这次的训练演习马上就结束了，大黄狗很快就能追回小嘉，然后我开枪把小嘉从树上打落，大黄狗就会飞奔过去，咬死小嘉。只要大黄狗学会了捕猎浣熊的本领，这个秋天，我就能抓到许多浣熊，获得许多皮毛，拿到集市上去卖。这样我就有很多钱了……真是完美啊！哈哈！"

皮特做着发财的白日梦，可是，事情总不尽如人意。

这会儿，小嘉在森林里拼命地奔跑。刚才，皮特没有马上解开铁链，这给了小嘉足够的逃亡时间。眼下，也没有听见身后传来大黄狗的声音，于是，它冷静下来，找到一棵有树洞的高大树木，飞快地爬了上去。小嘉从小生长在树洞里，爬树对它来说，是再简单不过的事。

小嘉藏好后，没过多久，皮特和大黄狗就追踪而来。大黄狗闻到了小嘉藏身的这棵大树，在树下狂吠，仿佛在说："小嘉，我找到你了！主人，小嘉就在这棵大树上！"皮特走过来，抬头向上望，这下可麻烦了，这棵树太高了，他没办法爬上去，带的猎枪也射不进那个树洞里。出发之前，皮特没有想过会发生这种情况，所以也没有带斧子。

皮特和大黄狗在那棵树下来回绕圈，绕了很长一段时间，仍然束手无策。看起来小嘉要等他们离开后才会出来。

夜幕降临，皮特终于放弃了。他和大黄狗一起离开那棵树，回家去了。

这个时候，小嘉总算安全了。

重归故里

小嘉躲在树洞里，一动也不敢动，侧耳倾听外面的动静。

现在，皮特和大黄狗已经走远了。不过，它还保持着警觉，休息的同时也听着四周的动静。在冰冷的树洞里，小嘉开始思念起家乡的森林和小河。它想起了自己温暖的家，想起了逍遥自在的童年时光，以及妈妈的呵护和照料。妈妈的关爱，让小嘉从来不会孤独害怕。妈妈能躲开危险的敌人，还教会它们如何找到美食。此时此刻，小嘉多么想回到那棵大枫树的树洞里，多么想回到自己温暖的家里！

森林的夜晚，伸手不见五指。小嘉慢慢从树洞伸出头来，观察着周围的环境，闻着风中的气味，倾听着草丛里的动静。之前，小嘉历经种种坎坷，差点儿被猎人杀死，因此，它知道该注意些什么，也知道哪些东西是无害的，哪些东西是不能碰的。现在的小嘉，变得沉稳而谨慎，举手投足跟爸爸妈妈一模一样。现在的小嘉，终于长大了！

等到小嘉确定周围没有危险之后，才从树上爬下来，跑到地面上。然后，它在郁郁葱葱的大森林里，飞速奔跑，不停地奔跑，不吃不喝，也不留恋沿途的风景。在它心里，只有一个想法，那就是回到它的故乡，回到它朝思暮想的故里——吉尔达河畔。回到它的爸爸妈妈和兄弟姐妹身边。就这样，小嘉夜以继日地奔跑着。

小嘉还想着，爸爸妈妈会不会忘了小嘉？在分别的这段时间里，它和人类同住过，和狗交了朋友，最后差点儿被猎人和大黄狗弄死，回忆起来简直像做梦一样。

最后的最后，小嘉回到了魂牵梦萦的森林，见到了家人。它们互相嗅着对方，很快相认了。小家伙们都长大了，样子也变了，但是身上的气味却没有改变。

我曾经在比多家见过小嘉，所以，对小嘉逃跑的事一清二楚。

小嘉回到故里——吉尔达河畔后，我突然想再见见小嘉，好几次，我走到吉尔达河畔的森林和小河那边。在那里，我大声地呼唤它："小嘉，可爱的小嘉，你在哪里啊？"

然而，除了回音，什么也没听到。

此后，我再也没见过小嘉。不过，在森林里的很多地方，我找到了小嘉的脚印，旁边还残留着吃完肉的贝壳和食物残渣，小嘉曾经在这里出没，而且就在不久之前，还来过这里。

这些年，我一直在寻找小嘉，我想再见小嘉一面，哪怕是在梦里。不过，我始终没有再见到它。我想，它不会再陷入猎人设下的陷阱了，也不会再惧怕猎狗了。当猎狗来追捕它时，它还会和猎狗捉捉迷藏。

在一些天气晴朗的日子，我能看到小嘉可爱的足迹；在一些月光皎洁的夜晚，我还能听到它呼哧呼哧地歌唱。小嘉留下的这些东西，抚慰了我的心。

现在，美丽的吉尔达河畔仍然生活着不少浣熊！也许，在它们之中，有很多是小嘉的后代吧！

故事延伸

在小嘉的后代身上，会发生怎样的故事呢？充分展开你的想象，把它们记录下来吧！

05

小老鼠的奇迹

扫描二维码
听导读

捕鼠能手

人类讨厌老鼠。

老鼠酷爱咬噬东西，食物、柱子、金属工具之类的东西说咬就咬，就连钢管都能咬出个窟窿来。在污浊的下水道里，老鼠总会神出鬼没，四处乱窜，它们身上寄生了很多虱子，而虱子携带了很多细菌。老鼠到处乱跑，随处传播虱子和细菌。

这样说来，老鼠肯定有害无益了吧。不！事实正好相反！在老鼠的身上，也有值得我们尊敬的东西。

老鼠虽然个头小，却拥有着令人赞叹的勇气。

我曾经遇到过一只小老鼠，英勇顽强，让人叹为观止。

小时候，在家里的柴房，经常能看到很多的老鼠。从那时候开始，我就产生了一个想法，长大以后要成为一名杰出的猎手，能够做出五花八门的捕猎器和圈套。

当然，这个想法是从抓老鼠开始的。有一天，我做了一个捕鼠器。

我先找到一块木板，在上面钻了一个洞，然后在洞的周边扎上一圈尖利的钢针，锐利的尖峰都朝向外面。接着，我把这块木板钉到空木桶的桶口上，使锐利的钢针尖峰朝着桶内。之后，我在空木桶的底部挖了一个正方形的小洞，小洞上放一层铁制的网格，就像小窗户一样。

钢针需要斜着钉在木板上，尖端向内，这样一来，小老鼠从小洞里钻入木桶后，就无法再出来了。它想要逃跑，只能冲向明亮的小窗户，而小窗户已经被封死了，就算使劲儿地撞击，也无法逃出去——只能束手就擒。

老鼠

鼠科鼠属的啮齿动物。体形较小,身体以灰色、褐色为主。上、下颌各具有一对发达的门齿。繁殖能力强，有着极强的适应能力，分布广，种类多。警觉性高，善攀爬、打洞。

我在木桶里放了一些东西充当诱饵，然后把木桶放倒，横在柴房的地面上，只等着老鼠送上门来。

第二天清晨，我还在睡梦中时，被父亲的喊叫声惊醒了。“快醒醒，你到底把什么东西放进柴房的木桶里了？”

听到父亲的问话，我赶紧从床上爬起来，跑到柴房里一探究竟。木桶里的老鼠被扎得吱哇乱叫、满身是血，看到这种情形，我激动万分，身体不断地颤抖着。猎物手到擒来的感觉真是美妙，用任何语言都无法形容!

那个时候的我天真无邪，脑子里时不时地就冒出一些稀奇古怪的念头。比方说，我总是想象着：如果我捉住了一只老鼠，它想反咬我一口，或者它逃走之后，我再去抓它，它又想咬我，那么我该怎么办?

那个时候，我也不知道自己为什么会产生这样的想法。等再长大一些，看到猎人抓水貂或者野兔时，水貂和野兔都拼命逃跑，我

老鼠生活记录

才明白为什么童年会产生那样的念头。

我一直对抓老鼠非常感兴趣。每次抓到老鼠后，我又会发愁，该怎么处置它们？

于是，我想到药店有个男人在养响尾蛇。他住在一幢旧房子里，房子的后面有个小院子，院子破乱不堪，充斥着垃圾和曼陀罗花的混合气味，真是难闻。就在曼陀罗花的后面，用木板围成一圈，里面养着响尾蛇。响尾蛇经常懒散地把身体盘起来。这个男人把它们视若珍宝！

我常常过去那边玩耍，他不太爱说话，老是拉长脸，我记得他几乎没开过口。

有一次，我把一只死了的小鼬鼠送给他，他把麝香袋从鼬鼠身上切下来，然后就藏了起来，也不跟我道谢。麝香可是十分昂贵的药材，他占了那么大的便宜，却一言不发。

我经常去他家的院子。透过木围栏，可以看到里面的响尾蛇。

响尾蛇一般吃活着的动物，所以，我抓的老鼠正是它们可口的美食。我拎着捕鼠的木桶，去那个男人的家，让他看看我抓到的老鼠。

他一看到木桶里仓皇逃窜的老鼠，不由得笑出声来，这是我第一次看到他的笑容。

小老鼠创造的奇迹

那个药店的男人取下木桶上的一块木板，然后用一只破鞋挡住留下的缝隙。急于逃亡的老鼠一下子就钻到了那个破鞋里面。然后，那个男人用一根木棒捅了捅那只老鼠，老鼠赶紧转过身去，尾巴对着破鞋的洞口。这个时候，男人用一只烧得红通通的铁钳，把老鼠的尾巴夹住。老鼠立刻被烫得吱哇乱叫，不断地挣扎。

“这个小家伙太能反抗了，可别伤了我的蛇啊！”

他边说边撬开老鼠的嘴巴，用铁钳把它两颗锋利的门牙给打断了。

围栏里的响尾蛇仿佛闻到了老鼠的味道，不停地摆动着尾巴，发出咝咝声。

他把老鼠一扔进围栏里，四条响尾蛇马上抬高弓形的脖子，迅速爬过来。

老鼠看到这架势吓了一跳，赶紧跑到围栏的一角，摆出准备战斗的姿势。

一条响尾蛇迅速逼近老鼠，那只老鼠实在无处可逃，只能露出没有了尖牙的嘴巴，使劲儿叫了一声，朝响尾蛇飞扑过去。响尾蛇没有想到老鼠居然敢反扑过来，惊吓之后，居然节节后退。

接着，这四条响尾蛇打算再次围捕老鼠。于是乎，老鼠不停地逃命，跑来跑去，慢慢地身体疲劳不堪，速度也慢下来。当它扑向一条蛇的时候，那条蛇飞快地咬住它，死死不松口，毒牙刺进了老鼠的身体里，致命的毒液马上就被注射进去。

老鼠逃脱不了死亡的命运。然而，这仅仅是个开端。

老鼠知道自己必死无疑了，就向离得最近的那条蛇扑过去，用断了的门牙使劲咬住它的脖子，等到这条蛇吐出白沫、脖子绵软才松口。

然后，又向另一条蛇飞扑过去，但被这条蛇先咬了一口。这只老鼠已经完全不在意身上的伤口了，只是拼命地咬住这条蛇的后背，这条蛇疼痛难忍，只能把身体蜷缩起来。

正当老鼠向第三条蛇猛扑过去的时候，体内的毒液开始发作。它的身体逐渐僵硬，动作更加迟缓。然而，它还在顽强地反抗着，死咬

住第三条蛇的尾巴，用断牙把咝咝作响的蛇的尾巴给咬成了两半。

此时，毒液侵蚀了老鼠的眼睛，它完全看不见了，四肢也不听使唤了，不过，它还在和第四条蛇做着殊死搏斗，狠狠地咬住了那条蛇的喉咙，直到咬断了也不松口。就这样，第四条响尾蛇躺在地上一动不动，最后也死了。

在这场生死搏斗中，老鼠虽然最后也死了，但是它表现得多么英勇！它杀死了四条凶悍的响尾蛇，取得了最终的胜利。

看到眼前的情景，那个药店的男人气急败坏地大声喊叫，听上去十分的沮丧、伤心和无可奈何。

“哎呀！我的宝贝响尾蛇啊！全都被老鼠咬死了！哦……混账！哦……我的宝贝呀！不！真是混账！我的心肝啊，全被它咬死了！”

故事延伸

有些时候，动物世界是很残酷的。老鼠为了生存，咬死了四条响尾蛇；响尾蛇为了填饱肚子，把老鼠当作捕食对象。面对这种情境，你觉得人类应该去干预吗？写下你的思考。

06

沙漠小精灵

扫描二维码
听导读

小精灵

在歌伦堡，我住在一间低矮的陋室里。墙是用泥砌成的，屋顶和墙壁上布满了干泥巴。河床两侧泥土淤积，不远处的山丘也是由泥土堆成的。山丘上覆盖了一层霜冻，融化之后，滋养着这一片古老的大地。山丘上岩石林立，保护着这一带的山丘。

对于来自植被丰富、土壤肥沃的曼尼托巴胡的陌生人来说，这里单调乏味，没有一点儿吸引力。然而，我对它的了解越多，就越觉得这里好像天堂一般。每一棵白杨树的痕迹，都证明了在这个平原上，曾经有条河流流经这里，那些低矮的灌木丛和杂草丛，焕发出勃勃的生机。而且，从早到晚，我都能认识新的朋友，或者了解这里原住民的真实状况。

白天，人类和鸟类占据了这一带；夜晚，就变成了四足动物的天下。在睡觉之前，我总是认真地观察它们的动静，经常夜不能寐。每天清晨，我在鸟儿的叫声中起床，然后出门查看夜晚动物留下的足迹。我一直在研究着这些足迹，有时候也会犯错。有一两次，一只美洲山猫出现了，我把它的足迹当成臭鼬的。不过，从此之后，我就知道了，美洲山猫和臭鼬截然不同，以后再也不会犯这样的错误了。

有时候，我发现了一些危险的足迹。一次，一只身型巨大的狼留下了脚印，它从小路上走过来，一直走到我家门口，在离门非常近的地方停了下来。过了一会儿，它转身去寻找别的猎物了。长耳大野兔、山狗、棉尾兔都曾从我家门口经过，而且到了第二天早上全都不见踪迹。我一边记录这些动物的来访，一边了解它们的生活习性。

在这些足迹中，有一个足迹非常神秘和特别，就像是女士紧身衣的带子，交错成复杂的线条。足迹非常新鲜，看样子是昨晚留下的。令人奇怪的是，那里有很多这样的足迹，反复出现。

这些足迹像是很多两足动物留下的，排成一行走过去。不过，在这个地方，只有人类和鸟类是两足的。很明显，这些脚印不是鸟类的脚印。于是，我开始收集证据。原来，这里有很多两足的小动物在晚上出没，它们身上还长着毛发。这些小动物体形微小，喜欢排成一队一起跳跃。不知道它们从哪里来，也不知道它们要去哪里。也许它们会隐形，要不然怎么能从视力绝佳的山狗的眼皮底下溜走呢？

假如这件事发生在英格兰或者爱尔兰，每个人都能轻松地解释这种两足动物是什么。是什么呢？

跳鼠迪普生活记录

他们肯定会说，连傻瓜都知道，这肯定是精灵。唯一的可能性就是精灵或者妖精。然而，在新墨西哥这个地方，到目前为止，还没听过这方面的传说。

我从来不相信世界上有精灵，那到底是什么呢？

有一天夜晚，在皎洁的月光下，一块小石头轻轻动了一下，这是一块非常小的石头，小得能放到手心上。仔细看看，啊！那原来是个小动物，并不是小石头！那个小动物有一根长尾巴，尾巴尖上还有一个白穗子。它的尾巴晃起来的时候，好像在摇一面小白旗。外表长得跟老鼠差不多，小脑袋上长了一对大眼睛，黑溜溜的眼珠不停地转动，真是可爱极了。

然而，你再好好看一下，就会发现，它跟一般的老鼠还不太一样。它的后爪比前爪大多了，看上去更像老鼠。显而易见，它是老鼠的亲戚。由于它长了一双大脚，因此人类给它取名为跳鼠。

跳鼠

跳鼠科的啮齿动物。分布于北美洲、亚洲和非洲，有着长长的后脚、强壮的后腿和可以帮助其在半空中保持平衡的长尾巴，因此特别擅长跳跃。杂食性动物，有冬眠习惯。

就是这种小巧可爱的小动物，在沙土上留下了一连串的小小足迹！我们给这只小家伙取了个名字，叫作迪普。

那么，迪普是如何生活的呢？接下来，我们就好好瞧瞧吧。

迪普正在用前爪使劲儿地挖地，一刻也没停

过，就跟要去拼命一样。暗淡的月光一照，仿佛是块小石头在晃动。

很快，迪普就挖出一条蛴螬。它饿得不行了，囫囵吞枣地吃了下去。蛴螬是一种营养高、水分足的食物，跟水果差不多。在干涸的沙漠中，蛴螬就像是迪普的救世主，它的出现，及时地拯救了迪普。所有的动物都必须喝水，迪普是靠吃蛴螬来补充水分的。除了吃虫子，它还吃植物，而且也不挑剔，很多植物都能吃，特别是它家附近的植物。

刚吃完蛴螬，迪普在一段低矮的树枝上，蹭了蹭肩膀。这个时候，树枝上出现一股淡淡的麝香味儿，这正是迪普留下的气味。

这股味道可是大大地帮了迪普一把，不仅可以帮它与朋友联系，还可以帮它辨认自己的住处。这会儿，一大片黑影正向它逼近。

原来是沙漠狐想来偷袭迪普。

迪普的警惕性非常高，想要捉住它可不那么容易。它嗖地一下蹿得老高，然后左晃一下，右晃一下，蹦蹦跳跳地逃走了。远望过去，就像一个不断跳跃的乒乓球。就这样，它把沙漠狐远远地甩在了身后。迪普的奔跑速度和弹跳力非常好，这可是它用来救命的本领。

迪普摆脱了沙漠狐的追击，但是离自己家越来越远了。不过也不用担心，迪普会找回来的。果然，很快，迪普就回到了自己家里。真是奇怪！在这个无边无际的大沙漠里，所有的地方长得都一个样，迪普是如何找到自己家的呢？

原来，迪普的脑袋里有一个奇怪的东西。就在它耳朵的左右两侧各长了一个蓬松的凸起。怎么会有这样的凸起呢？因为里面长了一根长长的骨头，顶出来形成了一个凸起。这可不是一般的骨头，里面有一种特殊的体液，其中漂浮着一种像小针一样的东西。除此之外，里面还有很多神经组织，可以给迪普发出信息，为它指挥方向。所以，无论迪普跑到哪里，无论路线有多么复杂，最后它都能顺利地返回自己的家。

迪普钻进一个小洞里，总算到家了。它的家很大，有一条悠长的隧道，而且还有很多分叉口。

迪普在隧道的最前方建了一个大厅、一个小房间，以及一个仓库。仓库是用来储藏粮食的。迪普很聪明，建了两三个仓库，每一个都堆满了粮食。迪普如此安排，是有道理的。假如某一天，敌人突袭这里，守在洞口不走的话，它也不用担心没有食物吃。好几个仓库里满满的粮食，可以让迪普多撑一段时间，跟敌人好好周旋。要是遇到坏天气，它也不用出去觅食了，待在家里也有食物可以吃。

除了这些之外，迪普还建了厕所，而且一建就是三个！在动物世界里，这种情况十分罕见。对于大多数的动物而言，外面有广阔的天地，到处都可以大小便。不过，迪普比较讲究，所以一下子建了三个厕所！这比许多人类家庭都阔气多了。

过了一小会儿，迪普来到一个大房间里。这个房间离地面有一米多深，巴掌大小，里面铺了一层柔软的席子，席子之上铺了很多羽毛。迪普刚进来的时候，嘴里叼了一根羽毛，要放在这个房间里。这就是它的卧室，温度适宜，干燥温暖，住起来非常舒服。整条隧道有两米多长。最让人惊讶的是，迪普在地面上挖了十个出口，这真是一座地下豪宅。

实际上，这个地方是迪普祖传下来的住宅。对迪普来说，这是一个温暖的家，也是一座坚固的城堡。

男人的篮子

有一天，莫哈比沙漠出现了一个不速之客，一个之前从来没见过的动物。他身材高大，用两条腿走路。不必怀疑，那是一个人。他酷爱沙漠，手里还拿了一个篮子一样的东西。他听说这个沙漠里有一种可爱的小动物，于是想过来一探究竟。这种小动物在白天不怎么出现，不过可以找到它留下的足迹。这个男人就弯下腰来，边走边找。他找得非常仔细，可是怎么也找不到。原来，昨天晚上沙漠里刮了一场大风，把地面上所有的足迹都吹没了。

他蹲下来，看到沙子上出现了一些小洞。洞口看上去非常小，不过这对他来说意义重大。他知道那是什么洞，然后，他把篮子一样的东西放在洞口，转身离开了。

夜幕降临，迪普准备出门了。它从小洞里探出脑袋，突然闻到食物的香气。它没见过眼前的食物，但食物散发出的香气让它放松了警惕，它一路闻着香气，走进篮子里。哇！里面居然有葡萄干和奶酪，真是美味啊！

迪普刚跑到篮子里，就听见吧嗒一声，这下可糟了，篮子的入口被封死了。迪普这才意识到危险，可已经来不及了。它急得来回奔跑，就是出不去！其实那个篮子就是用来专门捕猎它的，里面有个装置，只要迪普一进去，入口就会自动关闭。

第二天一大早，那个男人就过来查看情况。他往篮子里一看，发现一只小动物在里面爬行。这个小家伙看上去小巧可爱。他以前也见过不少的小动物，但这么漂亮的小动物，他还是第一次看见。

那个小家伙漂亮极了。身披亮黄色的斗篷，前爪带了白色的小手套，后爪穿了白色的小拖鞋，上半身还穿着白色的小马甲。尾巴长长的，还有几道美丽的条纹，尖部长着白穗子，乍一看，就跟一面小白旗似的。眼睛大大的、圆圆的，不停地乱转。那个男人越看越喜欢。

他拿起篮子，走回牧场。然后，打开篮子的入口，伸手要去抓迪普。惊慌失措的迪普缩到篮子的最里面，死死地盯着伸过来的手。

那个男人用手够到迪普，迪普轻轻地挣扎了一下，就不再反抗了。然后，它被放到一个大围栏里。

围栏非常大，能够容下一个人。迪普以为重新获得了自由，便飞奔起来。它把前爪放在胸前，长尾巴向上卷起，后爪跑得飞快。无论它跑多远，都会被围栏拦住，无法逃出去。

当迪普意识到没有出口之后，就开始向上不停地跳跃。它一下子换了六个不同的地方跳跃，每个地方跳了六下，每一次都撞到天花板，然后狠狠地摔到地上。

很快，那个男人过来了。他站在围栏外面，嘴里嘟囔着什么，手又伸向迪普。迪普害怕得要命，身体蜷缩着蹲了下去，它想要逃开。这个时候，那个男生的手停顿在半空中。

他仍然念念有词地说着些什么，声音听上去温柔动人，好像在对迪普说，他想和它做朋友。他用手轻柔地抚摸着迪普的小脑袋，然后很快就把手抽回去了。他把美食放在手心上，伸到迪普面前。

迪普死死地盯着这些美食，却不敢动一下，那个男人趁机摸了摸它的背。这些美食的诱惑力太大，迪普最后还是放松了警惕，囫囵吞枣地吃了起来。

那个男人兴高采烈，以为迪普把他当成朋友。不过，迪普可没有这个意思。一到晚上，迪普就想方设法地逃跑，四处乱窜，整晚都不睡觉。

第二天清晨，那个男人带着迪普去了沙漠。他把迪普放到地上，想要把它放走。然而，迪普却没有领会他的意思，一动不动地待在原地，看着四周。那个男人又伸手摸了摸迪普，迪普正老实地蹲在那里，没有动。

过了很长时间，那个男人突然拍了一下手，迪普才缓过神来，连跑带跳，火速离去。

太阳慢慢落山了，迪普发疯似的奔跑在苍茫的平原上，朝着它那座地下城堡飞奔而去。

沙漠里的乐趣

没过多久，迪普回到家里。

它实在太累了，倒头就睡。在它不在家的时候，家里的不少出口都被沙子或者石头堵住了。只有一处没有堵塞，因此，迪普连着几天都从这里出入。

在出口处，它小心翼翼地探出脑袋，看看周围的情况。确认没有危险之后，便钻了出来。然而，警报还没完全解除。它迎着风的方向，又仔细地闻了闻附近的气味。不远处的那片灌木丛里，好像埋伏着一只短尾猫；在更远一点儿的地方，还有一条响尾蛇，安静得像树根一样，待在那里一动不动。

它发现附近没有什么敌人，于是钻出来找吃的去了。这次找到了很多可口的食物。首先，它吞了一只被称为沙漠之虾的蝗虫；之后，吃了一些青菜，确切地说，是樱草和琉璃苣；然后，又吃了点肉食——蛹壳；最后，吃了沙拉——芥末叶，还有豆类和草莓，这是它的甜点。多么丰盛而美味的晚餐啊！

过了一小会儿，它来到一个长满蒿草的地方。找到一个草根，用身体蹭了蹭，留下自己的气味作为记号。后来，就是因为这个记号，迪普的丈夫才循着气味找到它。

之后有一次，迪普真是倒霉，在它警惕地查看周围环境时，被猫头鹰盯上了。突然，猫头鹰飞扑过来，它撒腿就跑到仙人掌的阴影里去。在这危难之际，它还不断地发出咚咚的声音，向自己的丈夫和朋友们报警。这个声音听上去像鼓点，铿锵有力，节奏感极强。

猫头鹰眼见没有抓住它，就飞走了。劫后余生的迪普，从阴影地里跑出来，把好像带着白手套的前爪放到胸前，蹦蹦跶跶地离开了。

过了一小会儿，迪普找到一棵草，顶部结满草籽，于是把草籽全塞进嘴里。两个腮帮子顿时鼓成了小包，脸庞也变圆了。腮帮子仿佛成为它运送食物时用的口袋。

迪普继续寻找食物，偶尔高高地跃起。突然，它看到了一个奇怪的东西：地面上躺着一个红色的月亮。

它想走近一些，探个究竟，原来那不是红色的月亮，而是熊熊燃烧的篝火。旁边坐着的正是曾经把它抓走的那个大型动物，还有一个小动物。

显而易见，那是一个人和一只狗。

那只狗慢慢地靠近迪普，迪普一看有危险，立马转头跑开了。

没过几秒钟，远处就传来咚咚的声响，一面小白旗在不断地晃动。机警的迪普一边撞击地面，一边晃动尾巴。这个时候，两只跳鼠走了过来，其中有一只就是迪普的丈夫。它们碰一碰彼此的胡须，表达问候之意。

最后，迪普与丈夫双双回到了家。